堺屋太一の青春と
70年万博

Masahiro Mita
三田誠広［著］

出版文化社

プロローグ　なぜ堺屋太一を書くのか

最初にごく個人的な事情を書くことをお許しいただきたい。

なぜこの本を書くことになったか。これはわたしにとっては重要なことだ。本を書くためにはモチベーションが必要である。作家の多くは、金銭的なインセンティブで仕事をするわけではない。書くというのは神経をすりへらす仕事なので、気の向かない仕事をしたあとのストレスは、あとあとまで尾を曳くことになる。書きたいことを書くというのが、最も効率的な作業だということを、プロの作家は知っている。

この数年、わたしが興味をもって書き続けたのは、歴史的な偉人であった。わたしは日本という国に興味をもっている。日本独特の風土と世界観がいかにして歴史を築いてきたかを考察するのが、自分のライフワークだと考えている。そうした興味のおもむくままに、これまで、空海、日蓮、西行という順番で仕事を続けてきた。その延長上にある次の仕事が「堺屋太一」だということに、読者は驚かれるかもしれない。

そこで最初に、わたしのモチベーションのありようを示しておきたい。わたしは何よりも自分の生きた時代というものに興味をもっている。わたしが歴史に興味をもつのも、歴史が現在とつながっているからだ。わたしはたまたま日本という国に生まれたわけだが、その国は長い歴史と文化をもっていた。だからこそ、その歴史や文化を知り、自分なりに解釈して、新しい物語を紡ぐことに、自分がこの国に生まれた意味を見いだしたいと念じている。

しかしわたしが生まれた時（昭和二十三年生まれの団塊の世代／この「団塊の世代」という言い方も堺屋太一の命名である）、わが国は第二次世界大戦に敗れるという未曾有の逆境の中にあった。わたしの人生はそのどん底の状態からの「復興」の歴史と見事にシンクロしている。ただしバブルの絶頂期のあとのジェットコースターのような落下も体験したわけだが。

復興の原動力となったのは、経済の発展である。経済だけだといってもいい。政治も文化も社会の機構も、経済の発展に追随しただけで、いまだに前近代的な要素を残している。経済の発展は、戦前のレベルまでの復興を成し遂げただけでなく、そのままの加速度を維持して、バブルの絶頂期までの高度経済成長を達成した。しかしその急速すぎる右肩上がりの成長には、どこか無理があった。スピードが速すぎれば歪《ひず》みが生じる。

その歪みの端的な現れがバブルの崩壊となったわけだが、バブル崩壊の原因はそれだけではないだろう。中国などの発展途上国の追い上げや、世界的な資源不足は恒久的なもので、はるかな以前から予測されたものであったはずだ。実はこうした未来予測の草分けといえるのが、堺屋太一だったのである。

堺屋太一がこのペンネームで小説家としてデビューする以前の一九六一年のことだ。通商産業省（現在の経済産業省）に入省したばかりの堺屋太一（本名池口小太郎）は職務として通商白書を書いた。この中でキーワードとして展開された「水平分業」という概念は、いまでは国際的な用語として使用されている。要するに、先進工業国が発展途上国から原材料を輸入するという、従来の縦型の分業システムではなく、これからは現在の発展途上国も工業国となり、互いの得意分野をもって、横方向に製品を流通させるようになる。これが水平分業だが、中国やインドの工業化で、まさにいまその水平分業は実現しつつある。

この通商白書の執筆が、文章を書く楽しさや、充実感を得た貴重な体験となるのだが、これはあくまでも論文である。通産省の役人が小説家としてデビューするまでにはさらに大きなステップが必要であった。

一九七〇年の大阪万博（万博についてはあとで述べる）の直後のことだ。堺屋太一はまだ通産省の鉱山石炭局の課長補佐にすぎない。しかし自身のコネを駆使して人材を結集し、未来予測のシミュレーションを実施する。もしもいまの日本で何らかの理由で石油の輸入がストップしたらどうなるか。まだパソコンのない時代に、巨大なコンピュータ（演算速度は現在のオモチャのゲーム機にも及ばない）に大量のデータを入力し、その結果、恐ろしい未来を予言することになる。

コンピュータの演算によると、大パニックが起こるという結論が出た。だが、この結果をどのようにして社会に公表すればいいのか。警鐘を発するためにも、結果は公表しなければならない。シミュレーションそのものは私的な研究だが、ただの研究発表ではインパクトが弱い。しかし通産省の発表とするわけにもいかない。それでは省庁がパニックをあおることになりかねない。

そうした状況の中で堺屋太一が思いついたのが、小説として発表するというアイデアであった。もちろんそれ以前の堺屋太一は、小説など書いたこともなかったし、小説を書きたいと考えたこともなかった。つまり、まったくの素人である。ただし、通産省の若き官僚として得た体験をもとに、池口小太郎という本名で著作を発表したことはあった。文章を書くのは手慣れているし、出版界にいくぶんかのコネはあった。

とはいえ、作家としてはまったくの無名である。書き上げた作品の発表に手間取っているうちに、実際のパニックが日本を襲った。一九七三年の第四次中東戦争によって引き起こされたオイルショックである。シミュレーションによる予言の書を世に出すまでにパニックが起こったので、予言としての意味合いはうすれることとなった。しかし逆に、社会が石油不足という現実に遭遇して、石油問題というものに興味をもった。これは結果として、堺屋太一の作家としてのデビューのためには追い風であった。

堺屋太一というペンネームで発表した最初の作品『油断!』は、大ベストセラーとなり、その名は全国に知れ渡ることになる。次に書いた小説『団塊の世代』もまた未来予測の経済小説だった。「団塊」というのは地下資源のカタマリのことであるが、戦後生まれのベビーブーム世代を堺屋太一はこう命名したのである。通産省の鉱山石炭局で地下資源の担当をしていた堺屋太一ならではの造語であった。

この本もまた大ベストセラーになったばかりか、「団塊の世代」という言葉は流行語となり、現在では誰もが用いる用語として定着している。かくいうわたしも先年『団塊老人』という新書を書いた。わたしはまさに戦後生まれの団塊の世代である。

堺屋太一は作家としては歴史小説の分野でも、NHKの大河ドラマの原作となった名作を残している。すなわち忠臣蔵の世界を描いた『峠の群像』と、戦国末期を描いた『秀吉』(『秀吉——夢を超えた男』『鬼と人と——信長と光秀』『豊臣秀長——ある補佐役の生涯』の三作品が原作)である。これらの作品もただの歴史小説ではなく、経済の分析によって歴史を読み解くというところに、堺屋太一の個性が出たユニークな作品になっている。

経済によって時代が動いていく。これまでの作家がまったく考えなかった新しい視点で時代を描くのが堺屋太一の特色である。現在では多くの作家が「経済小説」と称するものを書いているが、その元祖はもちろん堺屋太一である。ことに最初の作品『油断!』で採り入れられたコンピュータによるデータ分析を用いた未来予測という手法は、小説の方法論としては世界最初の試みといっていい。

ＳＦ（空想科学小説）の分野でシミュレーション的な手法を用いた作家はいないわけではないが、パソコンなどのない時代においては、個人が巨大なコンピュータを使えるような状況にはなかった。だから七〇年代の前半という時期にコンピュータを用いて小説を書いたのは、堺屋太一が世界で最初だろう。さらに空想をまじえたＳＦではなく、リアルな経済小説で未来予測をしたという点でも、間違いなく世界最初である。

しかしながら、シミュレーションという点では、堺屋太一はもっと驚くべきことを構想し、しかもその半ば空想ともいうべきプランを実現したという、素晴らしい実績をもっているのだ。いうまでもなくそれは七〇年に大阪で開催された世界万国博覧会である。

六〇年代の前半、通産省の企業局工業用水課の一職員にすぎなかった堺屋太一は、故郷の大阪の地盤沈下の問題に取り組んでいた。急速な工業の発展によって、工業用水としての地下水の汲み上げが増加し、そのため大阪市の全体が急速に沈下することになった。この問題は地下水の使用制限によって解決することになるのだが、その時、堺屋太一の脳裏には、もう一つの「地盤沈下」の問題があった。

すなわち比喩としての「地盤沈下」すなわち経済的な停滞の問題である。戦後の高度経済成長は、経済活動の東京への一極集中を招いた。さらに東京オリンピックによって、道路などのインフラ整備においても、東京と関西圏の落差は大きく拡がることになった。この経済的な地盤沈下をくいとめるためには、東京オリンピックに匹敵するようなイベントが必要である。そのころからすでに堺屋太一は、大阪万博の構想をもっていたのだ。

堺屋太一はまだ課長にもなっていない。役所の一職員にすぎない。その権威もネームバリューもない一人の人間の頭の中に浮かんだ万博という夢は、その段階ではただの空想でしかなかった。しかし堺屋太一は頭の中でシミュレーションをして、この夢の実現に到るまでの方法を考察し、実行し、そして万博という途方もないイベントを実現してしまったのである。

一人の人間が途方もないことを考えるというだけでも、めったにないことではあるのだが、その夢を具体的に実現してしまうというのは、現代社会においてはしばしば起こることではない。野球の選手になりたいとか、女優になりたいといった、個人的な願望ではないのだ。この七〇年の大阪万博がいかにして実現されたかということは、日本の近代史を見すえる上でも重要な問題であるし、これからの日本の展望を見すえる上でも、大きな示唆が得られる謎ではないかとわたしは考えた。以上が、わたしがこの本を書くことにした基本的なモチベーションなのだが、あと一つだけ、きわめて個人的な理由を書きとめることをお許しいただきたい。

大阪のランドマークは大阪城と生駒山だ。

いまはビルが建ち並んで、大阪城や生駒山を見通せる場所も少なくなったが、昔は大阪のどこにいても、大阪城と生駒山が見えたものだ。生駒山はずっと遠くにあるから、どの場所から見ても真東に見える。これで方角がわかる。高台の上に建てられた大阪城の天守閣も、どこからでも見えるのだが、こちらは見る場所によって角度が違う。大きさも違う。少し離れれば、大阪城も小さく見える。

つまり、生駒山で方角を確認し、大阪城の見え方と角度で、大阪の人は地図を見なくても自分の現在地を確認できるというわけだ。

さてその大阪城の外堀の南に、玉造口という外堀の切れ目がある。昔はプロ野球の近鉄の本拠地だった日生球場があったあたりだ。そこからさらに南に進むと玉造稲荷という古い神社がある。わたしの実家はその玉造稲荷のすぐ近くにあった。

いまは町名変更で中央区玉造二丁目ということになっているのだが、昔は東区岡山町という住所だった。

岡山町というのは駆け足なら五分ほどで一周してしまえるほどの狭い地域なのだが、堺屋太一さんの実家もその岡山町にあった。番地でいえばわたしの実家が三七七、堺屋さんの実家が三八九だから、十軒ほどしか離れていないことになる。

このあたりは豊臣秀吉の時代に、岡山領主の宇喜多秀家の屋敷があった。それで岡山町と呼ばれている。向いには細川家の屋敷があり、ガラシア夫人が自決したことで有名だ。その細川の屋敷跡には聖マリア玉造教会という大きな教会が建っている。堺屋さんの実家はその玉造教会の真ん前のあたりだと思われる。

堺屋さんはその教会付属の幼稚園に通われたそうだが、わたしもその幼稚園に通ったことがある。小学校は徒歩でも二十分くらいで行ける私立の偕行社という学校で、この学校は戦後、私立追手門《おうてもん》学院と改名したのだが、わたしもその小学校に通った。

堺屋さんが岡山町に住んでおられたのは戦前のことで、わたしは戦後生まれだから、同じ時期に同じ場所にいたというわけではないのだが、同じ角度で生駒山と大阪城を眺め、同じ幼稚園、同じ小学校に通ったということで、不思議な縁を感じた。これはまさに個人的な感懐にすぎないのだが、本を書くモチベーションとしては充分である。

わたしが興味をもっているのは、堺屋太一という作家の少年時代から青年時代、そして通産省に入って万国博覧会を実現し、『油断！』や『団塊の世代』を書き（その時点でもまだ通産省の官僚を務めていた）、やがて通産省を辞めて専業の作家となるまでの、主に前半生の部分だ。もちろん堺屋太一さんはまだご健在なので、その生涯を書くわけにはいかない。

通産省に入省するくらいの段階では、ごく平凡なサラリーマンとさして違いのない人生を歩んでいた堺屋太一が、いかにして偉大な事業を成し遂げ、作家として世に出ることになったのかというその人生の道筋を、小説のかたちで読者の目の前に展開したいと思う。

目次

第一章　堺屋太一の先祖は堺屋太一だった

昭和十年七月十三日。

堺屋太一は大阪市東区岡山町（現在は中央区玉造町）に生まれた。本名は池口小太郎である。ちなみに弁護士を生業としていた父は太郎、六歳年上でのちに大蔵官僚になる兄は金太郎である。

実家は奈良県御所《ごせ》市にあった。代々の商家である。安土桃山時代から、唐物商、両替商、木綿問屋などを営んでいた。御所に本拠があるのは周辺の土地で木綿の栽培をしていたからである。ちなみに豊臣秀吉が大阪城を築いた時代に、堺から大阪に拠点を移して商売を始めた先祖の名前が、堺屋太一である。

通産省の役人であった池口小太郎は、本名で『ＥＥＣ――その経済と企業』『日本の地域構造』『日本の万国博覧会』『万国博と未来戦略』という四冊の著書を出版している。いずれも本業の通産省での職務に関連したテーマである。

その次の著書、『油断！』の準備のためのシミュレーションに取り組んでいた時の堺屋太一は、通産省鉱山石炭局（現在の経産省資源エネルギー庁にあたる）に所属していた。石油の供給が断たれたらどうなるかというシミュレーションはまさに職務に関連したテーマである。

しかしコンピュータを駆使したデータ分析は、通産省の業務とは離れた私的な研究グループで行なっていたことと、その結果（石油がなくなると大パニックになり第二次世界大戦に匹敵する死者が出るという予測が出た）があまりにセンセーショナルであること、従って通産省に関係した研究書としては公表がためらわれ、一種のフィクションとして出版するに到ったこと、といったさまざまな理由で、本名の池口小太郎として本を出すわけにはいかなかった。

そこでペンネームの必要が生じた。思いついたのが、先祖の豪商の名前である。堺屋という屋号はもちろん、堺から進出したことを示している。

太閤秀吉は大阪城の築城と併せて、周囲に新たな街を築こうとした。そこで堺の商人たちに、大阪に移転するように通達を出した。当時の堺の商人はプライドをもっていたから、通達に従わなかった者も多かったようだが、百六十店ほどが移転したという記録が残っていて、その中に堺屋太一の名が見える。

扱う商品は、唐物商、両替商、木綿問屋ということになっているが、どうやらその順番に商売が発展していったもののようだ。まず唐からの輸入品で資産を築き、それを元手に金融業を始め、さらに木綿という新素材に着目して、栽培から製品作りまでを一手に手がけることになった。

堺屋太一の実家の本拠が奈良県にあったのも、木綿の栽培のための広大な土地が必要だったからで、生産から流通までを手がけて富を成したということだ。

木綿は当時としては絹よりも貴重な素材であった。

聖武天皇の遺品を収めた正倉院の御物の中には、木綿の布が見られる。それはシルクロードをたどってもたらされた渡来品である。室町時代には朝鮮から種子がもたらされ、栽培されたこともあったのだが、定着はしなかった。日本で木綿が急速に広まったのは、まさに安土桃山の時代であった。

古来、貧しい人々は、麻などの繊維を織った布を衣服としていた。絹織物は光沢があって貴族には愛用されたが、破れやすく、作業着には向かなかった。木綿は絹のような光沢をもちながら、丈夫であった。そのため、江戸時代には急速に普及することになる。

なお、ワタといえば現在は木綿のことを指すが、古代には絹のことをワタと呼んでいた。絹は蚕からとる動物性の繊維だが、植物から似たような繊維がとれるので、木綿と書き、これをワタと呼ぶようになった。区別のために、絹の方は真綿《まわた》と呼ばれた。

先祖の堺屋太一が活躍した頃は、木綿は新素材であり、絹よりも高価であった。それでも木綿が重宝されたのは、火縄銃の火縄として用いられたからだ。初期の火縄銃は、雨中では使用できなかった。木綿の火縄は多少の雨では消えなかったので、木綿は銃の性能を左右する新素材だった。

その新素材をいちはやく栽培して財をなした。それが堺屋太一という人物であった。池口小太郎は最初の小説を発表する時に、この先祖にあやかって、自らのペンネームとしたのだ。

話を元に戻そう。奈良県の御所を本拠としていた池口家だが、のちに堺屋太一となる小太郎少年（以後は堺屋太一と呼ぶことにする）は大阪で生まれた。早稲田大学を出て弁護士となった父の池口太郎が大阪に事務所を開いていたからである。兄と姉がいたので第三子、次男ということになる。太平洋戦争が始まる昭和十七年、偕行社付属小学校に入学。六歳年上の兄が、同じ小学校を卒業したのと入れ替わりの入学だった。

偕行社というのは、旧日本陸軍の将校間の親睦と軍事研究を目的として明治十年に設立された官制組織で、平たく言えば陸軍将校の親睦クラブである。付属小学校は陸軍将校の子弟のために開設されたものだが、一般人にも開かれていた。大阪では随一の小学校で、西の学習院と呼ばれることもあった。

敗戦によって偕行社そのものが解散となり、小学校は独立して追手門学院と改名する。わたしがこの学校に入学した頃は、陸軍に関連した学校というイメージを払拭するために、民主主義を強調した自由な校風になっていたが、戦前の偕行社の頃は、まさに陸軍に付属した厳しい学校だった。

戦後の名称は追手門学院（関係者以外の大阪の人はオッテモンと呼ぶこともあるが正しくはオウテモン）だが、実は学校の敷地は大阪城の外堀の北西に位置する退《からめ》手《て》門《もん》の前にある。ここから南東に位置する玉造門までは内堀の周囲を半周して、徒歩で十五分、岡山町はそこからさらに徒歩五分くらいの場所だから、合計二十分、子供の足でも通える距離である。しかし岡山町から徒歩で西の方に五分ほど行けば、市電の走る上町筋があり、市電の停留所の二駅先の大手前またはその次の京阪東口まで行けば楽なので、小太郎少年は市電で学校に通うことになる。

生徒は明治時代の陸軍の軍服をモデルにした袖口に赤いラインの入った制服を着る。足はゲートルに似せた虎縞のストッキングに革の編上靴。それに馬の皮の背嚢である。街で将校と出会うと直立不動で敬礼をしないといけない。

戦時中であるから、一般の小学校（戦時中は国民学校と呼ばれていた）でも生徒たちは軍国主義に洗脳されたのだろうが、とくに陸軍付属のこの小学校には、将校が乗り込んできて厳しい指導が実施された。鉄拳制裁も日常茶飯事であった。遅刻しても、授業で物覚えが悪くても、容赦なく殴られた。堺屋太一はよく殴られた。早起きが苦手、暗記も得意とはいえなかった。頭の回転は速いのだが、細かいことにこだわらないという、大らかな性格のために、のちには受験勉強で苦労することになる。

他の生徒も殴られていたから、殴られること自体は苦にならなかったが、スパルタ教育というものには疑問をもった。子供に選択の自由を与え、自分で選んだことに関しては責任をとるという体験を重ねることが、教育である。選択の余地のない一方的な押しつけでは、子供は育たない。堺屋太一は軍国主義に洗脳されるどころか、軍隊というものに批判的な眼差しを向けるようになった。のちに通産省に入省しても、役所の雰囲気に呑み込まれることなく、自由独立の姿勢を崩さなかった池口小太郎（のちの堺屋太一）のキャラクターは、すでに小学生の頃から芽生えていたのである。それは父から学んだものであった。

家庭での父の教育も厳しかった。それは一方的な押しつけではなく、子供にいくつかの選択肢を与えるものであった。その点では子供に自由を与えるわけだが、放任ではなく、子供が自分で決めたことをやり遂げなかったり、責任を自分でとらずに他人に押しつけるようなことをすれば、父は厳しく叱る。自由なようでいて温かいまなざしで子供を見守っているという理想的な父親である。

戦前の父親像としては異例とも思えるのだが、そこには権威に頼らない、関西商人の気風が反映されているように思われる。自由を与えるというのは、幼い頃から判断力を養い責任のとれる自立した人間に育てることにつながる。周囲の情勢を見すえながら、自分で考え、自分を制御し、最終的には自分に勝つ。これさえできれば、思うがままに人生を歩むことができる。

父は注意深く息子の様子を見ていたようだが、息子を殴るようなことはなかった。大声をあげるようなことも、めったになかった。それは堺屋太一自身が、責任感のある自主的な子供に育っていたからだろう。

堺屋太一がどんな子供だったか、一例を紹介しよう。小学校に入学した堺屋太一に、父は小学生には不似合いな大金を与えた。入学祝いではない。月に五円の生活費である。学用品も、小遣いも、すべてそれで賄わなければならない。自分の裁量で生活することを学ぶとともに、お金の使い方というものを、子供の頃から身をもって体験させるのである。

自宅の自分の部屋の窓ガラスを割ったことがあった。父は叱らない。すべては子供の判断に任せる。自分の過ちに対して、寒い思いをして耐えるのもよし、小遣いを削って自分でガラスを買うのもよし。子供が自分の裁量で決めればいいのである。

子供の要求に応じて物品を買い与えたり、少額の小遣いを与えるだけでは、子供の金銭感覚は育たない。父が堺屋太一にまとまったお金を与え、窓ガラスのような備品まで自分で買わせたのは、太閤秀吉の時代以来の商家の伝統を伝えたいという思いがあったのだろう。

玩具にしろ菓子にしろ、親にねだって物を買ってもらうのではなく、自分の裁量で出費をするのだから、自ずと経済観念が身につくことになる。学用品を節約して玩具や菓子を買ってもいいし、その逆でもいい。これがふつうの子供なら、大金を与えられれば、欲しいものをどんどん購入して、結局は破綻することになったかもしれない。そこが並の子供と違うところである。

たとえば通学費。これも与えられたお金の中から支払わなければならない。定期券を買うか、回数券を買うかも自分で考える。もちろん徒歩で通うという選択肢もある。堺屋太一は回数券を買うことにした。往路は市電に乗るとして、復路は徒歩にすれば節約できる。朝も早起きして時間に余裕があれば徒歩で通う。こういう選択をするためには回数券でないといけない。

堺屋太一はひたすら節約に努めた。すでにお金というものの価値に気づいていたのである。戦争が激しくなると、菓子などは配給制になる。買える時に買っておかないと手に入らない。堺屋太一はつねに現金をもっていたから、配給があればただちに購入することができた。

それだけでなく、せっかく配給があってもお金がないために菓子を買えない子供に、お金を貸すことを始めた。しかも利子をつける。利子で儲けるつもりはなかった。利子をつけないと、貸した金がいつまでも返ってこない。借金のある人は、利子の高いお金から先に返済することを知っていた。まだ小学生の頃から、堺屋太一はお金というものの本質を見抜いていたのだ。

昭和二十年三月、大阪は大空襲を受ける。岡山町の家も焼けた。

だが、堺屋太一が難民になることはなかった。父の実家が奈良県にあったからだ。前述のように、実家は代々、木綿の栽培と流通を生業としていた。明治になって木綿が輸入されるようになると、木綿の栽培は衰退したが、広大な土地を所有する地主であったから、地元の名士であった。

奈良県御所《ごせ》市（当時は吐田郷《はんだごう》村）の名柄《ながら》小学校に転入する。地元の名士の孫であるから、当然、堺屋太一も注目されることになるのだが、成績が傑出しているわけでもなかったので、やや肩身の狭い思いをしていたようだ。この頃の堺屋太一については、とくに記すことはない。まず平凡な子供であったのではないかと思われる。

名柄小学校は現存する。生駒山の南には、信貴山、二上山、葛城山、金剛山といった山々が連なって、大阪平野と奈良盆地を隔てているのだが、その葛城山と金剛山の間に水越峠という峠があり、そこを通る葛城古道（水越街道）が古代の交通の要所であった。その古道を奈良盆地の側に下ったところが吐田郷である。ここは南北を走る名柄街道と水越街道が交差する地点で、かつては宿場町として栄えたところであった。

名柄神社という神社もあるが、近くに有名な葛城一言主《ひとことぬし》神社がある。善事《よごと》も禍事《まがごと》も一言で言祝《ことほ》ぎ呪《のろ》うという山の神であるが、役行者《えんのぎょうじゃ》に追い払われたという伝説がある。御所の周辺はそうした古い歴史のある地域である。

池口家の土地は、戦後の農地解放で縮小を余儀なくされたはずだが、屋敷や周辺の土地は確保され、山林はそのまま残った。広大な土地の所有者であることにかわりはない。父の教えで節約を心がける子供であったが、大らかで細かいことにこだわらない性格は、豊かな生い立ちから生じたものだろう。

ここで父のことを書いておこう。父の池口太郎はおおむね温厚な人だったようだ。しかし責任感の強い人で、その点では息子に対しても厳しかった。

堺屋太一が通産省に入省した後のことであるが、工業用水課に配属された堺屋太一は、大阪の地盤沈下に取り組むことになる。入省して数年、まだ二十歳代の頃のことであるが、工業用水法という新たな法律を作り、井戸水の汲み上げを禁止することにした。

これは公共性のために私権を制限する法律であるから、実際に井戸水を汲み上げている企業からは大反対が起こった。とくに中小企業にとっては死活問題である。タダの井戸水が使えなくなると、有料の工業用水や水道水を使うしかない。井戸水の汲み上げを止めれば地盤沈下がストップするかどうかも、やってみないとわからない。

もしも地盤沈下が止まらなければ、企業は水道水のコストなど、無駄な負担を強いられることになる。その損失を誰が補償してくれるのか。そんな理屈で最後まで説得に応じない中小企業に対して、堺屋太一は何と、個人保証を約束する証文を書くことになった。

これには父のアドバイスがあった。民間の人々に負担を強いるのだから、もしも結果が出なかった時の責任は、自分でとらないといけない。とはいえ三十歳にも満たない一役人の証文では信頼性がない。父は息子の証文のすべてに自分で裏書きをした。責任をとるとはどういうことかを、父は身をもって示したのである。

二年後、地盤沈下が確実に止まったことが実証されて、堺屋太一の正しさが証明された。証文を貰った人々は感謝とお詫びの言葉とともに、証文を返しにきたという。

いかにも男らしい毅然とした父の態度から、堺屋太一は人生のスタイルを学んだことと思われる。ここには弁護士としての職務だけでなく、伝統的な商家に受け継がれた人生哲学のようなものがあるのだろう。

父は早稲田出身の在野の弁護士であった。ことさら反権力的というわけではなかったが、筋を通さねばならない時には権力を恐れなかった。大阪の市電の回数券をめぐって市を訴えたことがある。運賃が値上げされた後、古い回数券を持っている乗客は差額をとられた。父は回数券を買った時点で乗車契約は成立しているので、回数券は値上げ後もそのままで有効なはずだと主張して最高裁まで争った。たかが一枚七銭の回数券である。市を訴えても金銭的には何の得にもならない訴訟だが、意地でも義を貫き通すという反骨精神があった。

そんな父からは、法律のことより歴史に関する話を聞かされることが多かった。奈良県に住んでいたこともあり、南北朝や幕末の天誅組の時代が好きだったようだ。ただ、教科書に書かれていないことが多かったため、幼い堺屋太一には全くといっていいほど理解ができなかった。それでも、頻繁に聞かされているうちに、いつの間にやら歴史を好きになっていった。作家堺屋太一の素地はこの時代に作られたことは間違いない。大人になるにつれて、歴史を理解するようになり、研究を積んでいくと、教科書に載っていない父の視点が正しいことがわかり驚かされることとなる。

奈良県御所市の実家に住んでいた頃の話だ。そこには三人の男の顔が描かれた衝立があった。当時は終戦直後で、吉川英治の『三国志』が発刊されたばかりだった。堺屋太一はその三人の男が劉備玄徳と関羽と張飛だと気がつく。父に確認すると、その通りだと褒めてくれた。ただ、褒めるだけでは終わらない。この三人は義兄弟だけれども、本当の兄弟はどうなったか注意して読めというのだ。でも全十三巻読んでもどこにも出てこない。劉備玄徳も、関羽も、張飛も実の兄弟については一切書かれていない。さりとて全員一人っ子だったのかというと、その根拠もない。父にそう言われても、当時はついに解答が得られず、それが堺屋太一の生涯のテーマの一つとなる。

大人になってようやく理解したのは、この三人は流民だったということだ。劉備は河北省涿郡の出身、張飛は同郷だが、関羽は山西省運城市の出身で、お互いに千キロも離れている。その三人がなぜ一緒になったか。それは流民で放浪していたからだ。そのうちに実の兄弟もわからなくなってしまったのだ。当時の中国の家庭というのはその程度に崩壊していて、それが人口減少の本当の理由だったのだ。そうした中国の事情を、当時父は既に知っていたのだ。それを気づかせるために

「本当の兄弟はどうしたのか」というテーマを息子に投げかけた。残念ながら堺屋太一がそれに気がついたのは父が亡くなってからだった。

教科書を疑うことを覚え、堺屋太一はいつしか、負けた方にも言い分がある、という歴史観を身につけるようになっていく。また歴史上の英雄と呼ばれる人物も、実はその時代の卑怯者だということも学ぶ。例えば、源義経は当時禁止されていた漕ぎ手、船頭を撃った。瀬戸内海では船頭を撃たないことが慣例になっていたのにもかかわらず、合戦でどんどん船頭を撃って倒したため、平氏の船はぐるぐる回りだして負けてしまったのだということにも気がつくようになった。

その他にも父は、織田信長が瀬田川にかけた唐橋の橋げたがどのくらい高かったかとか、そういう話を堺屋太一に聞かせていた。父は本もよく読んでいて、ものすごい量の蔵書があった。中でも彼の記憶に残っているのは、アントン・シェンチンガアの『金属』という小説。シェンチンガアという人はナチスが推薦した生産文学の大家だが、『アニリン』『金属』とか物質の名前のついた小説をずいぶん書いている。内容はそのある物質を発明した人、製造した人の人間関係を書いていくというもの。これを生産文学といい、昭和初期には日本でもかなりの流行となった。『金属』は堺屋太一にとっても愛読書となった。例えば銀の話では、はじめは銀が通貨として利用されたとか、やがてそれが写真に使われ出したとか、こういう科学者が発明しただとか、大いに少年の好奇心を煽った。ただナチスが関係した作品だったため、戦後はまったく読まれなくなった。

父は責任感の強い男らしい人であったが、穏やかで優しい性格だった。弁護士という仕事をしていると、もめごとに遭遇することもあったはずだ。そんな時は、事務を担当している母が表に立って、てきぱきと処理していた。穏やかな父は、しっかりものの母に支えられていたのだ。

母も奈良県の出身で、桜井市の呉服屋の娘である。商家に育ったため、自然に人との対応が身にそなわっていた。堺屋太一はこの母からも多くのものを学んだはずである。

堺屋太一は母とよく芝居を見に行った。姉が一緒の時は滅多になく、もっぱら母と二人で、当時千日前にあった歌舞伎座に熱心に通った。堺屋太一はのちに歴史小説を書くことになるが、太閤記や忠臣蔵のイメージは幼い頃に歌舞伎を観たことが基礎になっているのかもしれない。母は先代の坂東三津五郎のファンで、京都の南座に行った時にサインを書いてもらうぐらいの親しさだった。

そして母は文化人だった。見事な船場言葉を使いこなす。今漫才でしゃべられているのは船場言葉ではなく河内言葉だが、船場言葉が話せる芸能人は女優の浪花千恵子が最後といえる。堺屋太一が母の言葉でいまだに印象に残るのは「こおと」だ。地味派手を超越した価値観で、京言葉の「雅《みやび》」よりもさらに深い美意識がこの言葉にはこめられている。

『峠の群像』では母が使っていた言葉をそのまま使っていて、「難波のこおとは京の雅よりちょっと上やで」というくだりがあるが、これも母親のせりふをそのまま使っている。関西の人から見て、一番派手で色濃いのが「伊達」。「いなせ」は日本橋の河岸言葉。それが京都にきて「雅」とそのへんまでは誰でも分かる。それが、渋めになり「こおと」になると誰も分からなくなる。「こおと」の柄が選べるようになったら船場では一流だということになる。

母はいつも「奥さん」のことを「ご寮《りょん》さん」と呼んでいた。ご寮さんというのは従業員の寮の管理者という意味。商売屋では番頭も始めは寮住まいで、通い番頭になれるのは四十歳をすぎてから。手代、丁稚はみんな寮。彼等をみんな管理しているのは「ご寮さん」。だから大阪では奥さんのことはご寮さんと呼んでいた。だから堺屋太一の母も「ご寮さん」と呼ばれるのを生涯の喜びに感じ、そういわれるものだと思っていた。だから母が東京に来て、偉いところの奥さんに会った時には奥さんと呼んでいいものかどうかためらったりした。佐藤栄作の奥さんと会った時などは「奥さんと呼んでよろしいでしょうか」と確認したという逸話がある。

母は堺屋太一の健康を気遣ってまず鶏を飼った。その次にヤギを三頭飼った。乳搾りと、散歩は彼の毎日の日課となっていた。あぜ道の草を食べさせながら、毎日近所を連れて歩いた。それが中学校一年生まで続いた。ヤギを飼ったということは堺屋太一にとって生涯忘れられない思い出なのだ。

父は理屈が上手で、言うことは筋は通っていたけれど、わりと弱虫なところがあった。いざという時には逃げ腰になるのだ。逆に母は腹の据わった人だった。父の仕事の関係で労働組合の人が家に怒鳴り込んできたり、やくざがきたりといったことがよくあった。やくざがきたら追い返すのが母の役目だった。

堺屋太一はそういった生き方の美意識を母から学んだ。父からは小遣いあげるから自分のことは自分で処理しろというしつけで、自己責任を教わった。だが父は自分では責任をとらない人だった。言うこととすることが違っていたので、説得力には欠けるところがあった。かといって堺屋太一はそんな父に不満を抱いているわけではなかった。母はもちろん父を愛し、父も母を愛していたからだ。堺屋太一が通産省に入る前の年、母が肝硬変になった。当時入院施設があまりよくなかったために、一時意識不明に陥った。一命は取り留めたが治療に長時間を要するので、自宅で治そうということになった。父は良く言えば倹約家だが悪く言えばケチな人間だった。だが、その時ばかりはすぐに家を建て替えて、母のために病室も作り、看護婦も雇い、母親の病室の隣で寝るなど二年間実によく看病した。実はその前から、父にはもう一つの家族があった。いわゆる第二夫人と男女一人ずつの子供がいたのである。しかし、母の療養に対する父の看病を見るにつけ、堺屋太一は、男性は本当に複数の女性を同時に愛せるんだということを理解した。また、父が二つの家族をもって苦労しているのを見たことから、自分が家族をもった時には一切浮気はしないと心に誓った。

兄と姉のことも書いておこう。兄とは六歳も年が離れているので、兄弟喧嘩をするといったこともなかった。兄は音楽が好きでレコードをたくさん集めていた。実家が地主だったので自宅には米が豊富にある。米さえあれば何でも買えた時代だった。兄は東大から大蔵省に入った。子供の頃から成績がよく、早稲田出身の父にとっては自慢の息子だった。

そういう優秀な兄がいると、弟としては、つらいところがある。堺屋太一の中学、高校での成績は、優秀とは言いがたいものであった。それでも二浪して東大に進んだのは、兄に少しでも追いつきたいという思いがあったのだろう。大蔵省に入った兄に対して、堺屋太一が通産省を選んだのも、弟らしいスタンスの取り方なのかもしれない。

三歳違いの姉は堺屋太一にとっては親しい人だった。現在でも海外旅行に一緒に行くほどで、仲のいい姉弟といっていい。大阪府立の大手前高校（筆者の母校でもある）から大阪女子大英文学科に進んだ姉は、大阪万博の翌年、静岡県の天竜市長と結婚している。熊村昌一郎という人で、東大法学部を出てから、熊村の村長となり、自治体の合併によって、二俣町長、天竜市長となった。もともと熊村家は熊村周辺の山林を所有し、日本でも有数の規模を誇る天竜林業を担ってきた。現在でも数百町もの森林を保有している。

さて、堺屋太一は名柄中学校の途中から大阪の昭和中学校に転校した。御所から近鉄に乗って通学した。大阪の高校を受験するための越境入学である。名門の住吉高校に入学する。これは大阪では珍しいことではない。わたしが通っていた公立高校でも、奈良から来る生徒が何人もいた。大阪と奈良は生駒山地で隔てられているけれども、近鉄のトンネルをくぐれば通勤通学圏で、東京でいえば八王子や横浜よりも近い感じである。

住吉高校は自由な校風の学校であった。当時から週休二日制を実施していたという。帝塚山という高級住宅地から自家用車で送迎される生徒がいるかと思えば、日雇い労働者の多い釜ヶ崎から通ってくる生徒もいる。そんな多様さが自由な校風を生み出したのだろう。自由な校風の学校で、堺屋太一はのびのびと成長することになる。

クラブ活動はボクシング部。モスキート級という最も軽量のクラスで大阪のチャンピオンになった。青年期の堺屋太一は痩せていたのだ。体は細かったが格闘技好きであった。有名な作家になったあとも、女子プロレスのファンだと公表している。

並行して社会科学研究会にも所属し、『資本論』などを読んでいた。この頃から経済学に興味をもっていた。のちに東大の経済学部に進むことになるのだが、『資本論』を読んだからといって、マルクス主義にかぶれることはなかった。古典から近代経済学までの広い視野から、経済そのものの魅力に惹かれるようになった。

終戦からまだ日が浅く、左翼思想が学生たちを支配していた時代を考えると、これは特筆すべきことだろう。わたしは団塊の世代で、堺屋太一より十数年もあとに高校、大学時代を迎えたのだが、その頃でも、左翼思想は若者たちの全体に拡がっていた。経済学といえばマルクスという風潮があった。

堺屋太一が高校から大学に進んだ時代は、作家や新劇俳優なども含めて、文化人の多くがまだ左翼思想に染まっていた。若者たちは深く考えることもなく、先輩の左翼青年にたやすく洗脳され、左翼的な学生運動に命をかけるのがトレンドだと思い込んでいた時代であった。

堺屋太一がそういう風潮に安易に染まることなく、自分の目でものを見、自分の判断で、主義主張とは離れた経済の原理そのものに興味を覚えたのは、幼い頃から培われた自主性と、大阪商人に伝統的にしみついている一種の合理主義のたまものだろう。

もう一つ、堺屋太一の興味を惹いたものに、建築がある。これは独学で学んだ。とくに斬新なデザインに興味をもって、自分でもデザインや設計図を描くことがあった。浪人時代に建築事務所でアルバイトしていたこともあるし、東大も最初は建築家を目指して工学部のコースに入学した。のちにはいくつかの建物を自分で設計している。

高校時代の堺屋太一に、とくに傑出したところは見られない。モスキート級の大阪チャンピオンという以外に、目立つような出来事はなかった。成績も中の上くらいであったらしい。通常なら、少し無理をして阪大を目指すという程度の成績である。

大阪の高校生は、よほどの秀才でなければ東大を目指すことはない。東京中心の一極集中はまだ始まっていないから、関西は独自の文化圏、経済圏を形成していた。大阪だけではなく、江戸時代までは首都だった京都と、貿易港のある神戸とがセットになって、関西圏（京阪神ということだが）は東京と充分に対抗できていた。

その関西圏の最高学府は京大である。その次が阪大で、これが難しいと思ったら、神戸大や大阪市大、大阪府大、大阪外大などがある。堺屋太一の父の池口太郎氏は早稲田の卒業生だから、早慶という選択肢も見えていたはずだ。大阪の高校で成績が中の上ということでは、大学受験の目標としてはそんなところだ。

しかし堺屋太一が目指したのは東大であった。兄が東大だったということもあるだろうが、大学に入るなら東大だという、ごくシンプルな選択だったのだろうと思われる。大学の難易度と自分の成績とを見比べて、あれこれ考えるといったことは、堺屋太一の人生には似つかわしくない。目標を決めたら、あとは達成されるまで努力をすればいい。それだけのことなのだ。

担任教諭から進路指導を受けた時、堺屋太一が志望校を告げると、担任はこう言ったそうだ。

「おまえが志望校を阪大と言ったら、それは無理だから市大あたりにしろと言うつもりだったが、東大と言うなら、もう何も言わない。自分で頑張ってほしい」

途方もない志望校を告げられて、担任の先生も指導のしようがなかったのだろう。

堺屋太一という人物の性格を考えると、受験勉強というのは、向いていない作業だと言うしかない。卓抜した着想力と論理の展開があっても、概略が正しければ細かいことにこだわらないという大らかな性格が災いして、点数が上がらないのだ。

テストというものは減点法だから、スペルや漢字がわずかでも間違っていると減点されてしまう。概略が正しくても、結果としては低い点数になってしまう。

最初の試験は失敗であった。すべり止めに受けた慶大法学部に入学したものの、自分の目標ではないので、すぐに退学する。そして堺屋太一は建築設計の事務所に入り、建築の勉強を始めることになる。

好きなことをやればいいという考えと、一度決めた目標は達成しなければならないという考えの中で、思い迷う日々でもあったのだろう。建築の実務に興味を覚えて、受験勉強に集中できなかったのかもしれない。結局、二度目の受験も失敗することになる。

その二度目の受験の半年ほど前に、堺屋太一は受験勉強に集中するために、東京の予備校に入ることにした。そのことが、堺屋太一に、運命的な出会いをもたらすことになる。

のちに堺屋太一はこう語っている。

「わたしが生涯につきあった女性は三人しかいない。母と、妻と、ベートさん、その三人だけです」

その三人のうちの一人、ベート・マイジンガーとの出会いである。

第二章　運命を左右するドイツ人女性との出会い

一九五四年の秋に、堺屋太一は予備校に通うために上京した。

下宿は早稲田の近くの面影橋に定めた。これは早稲田出身の父のアドバイスを受け入れたのだろう。早稲田の学生向けの下宿が多く、家賃や物価の安い地域である。ここから日比谷にある予備校に通った。

当時の東京の主要な交通機関は都電（路面電車）である。高田馬場の駅前から面影橋を通って大手町の方に向かう路線があった。ただしこの路線は茅場町行きなので、大手町で左折してしまい、日比谷には行かない。そこで神保町で直交する路線に乗り換える。春日町、水道橋の方から日比谷に向かう路線である。

この神保町から日比谷に向かう都電の中で、時折、すらっと背の高い外国人の女性を見かけることがあった。外国人が珍しかった時代である。とくに都電に乗っている外国人女性はいやでも目をひく。

しかも金髪の美人だ。

年齢も自分とはそれほど違わない、若い女性だと思ったのだが、これは思い違いだったことがのちにわかる。

一目見た時から気にかかっていた。つきあいたいとか、そういう野心ではない。女優でいえばデボラ・カーのような清楚で知的な美女であったが、肉感的な女性ではない。ただ、この人はどんな境遇なのだろうと、興味をかきたてられたのだ。

何度目かの時に、隣の席があいた。すかさず横に座る。じろじろ見るのは失礼なので、さりげなく相手の膝のあたりに目を落とした。膝の上のバッグに手を置いている。

ドキッとした。一瞬、指の先がないように見えたからだ。思わず、まじまじと見つめてしまった。

その気配が相手に伝わったようで、向こうから声をかけてきた。

「あら、気がつきました？」

きれいな日本語であった。ますます驚いて、相手の顔を見た。

外国人の女性は笑いながら、指を見せてくれた。指はちゃんとあるのだが、少し変形している。もちろん生活に支障が出るほどではない。さらにあとでわかったことであるが、この時彼女は、隣に座った若者の視線を意識して、面白がってわざと指を折り曲げていたのだった。

それがきっかけで、言葉を交わすようになった。

神保町から日比谷までの短い区間である。最初の会話はわずかで終わった。二人とも日比谷で下りた。名前を訊くひまもなかった。

ただその短い会話の中で、とくに脈絡もなくベートさんがつぶやいた言葉が、強く印象に残った。

「わたし、天涯孤独なのです」

外国人が、「天涯孤独」という難しい四字熟語を口にしたことにも驚いたが、若い女性が異国にいて天涯孤独であるとはいったいどういうことなのか、想像がつかなかった。

いまなら女性の留学は珍しくないが、当時の日本は敗戦国で、外国から留学生が来るような状態ではなかった。独身だとしても親はいるはずだ。何かの事情で単身で日本に来たのだとしても、母国には家族がいるはずである。

しかし、ベートさんは本当に、天涯孤独なのであった。その驚くべき境遇が徐々に明らかになっていく。

ベートさんは勤務医として働いていた。その勤務の始まりと、予備校の一時間目がほぼ同じなので、朝はよく電車で会った。しだいに親しくなって、こちらの名前を告げた。すると相手も、ベートという名を教えてくれた。

それ以後、堺屋太一はこの女性を「ベートさん」と呼ぶようになる。ベートというのはエリザベートの略でドイツ人の女性にはよくある名前だ。英語ならエリザベス。英語圏での略称は、頭の方をとってイライザになったり、うしろの方だけとってベスとかベティーになったりする。

せっかくだからフルネームを知りたいと思い、苗字を尋ねると、ベートさんはちょっと困った顔つきになった。

「ベートでいいですよ」

もう親しくなったのだから、ファーストネームだけでいいということらしいが、それだけではないニュアンスが感じられた。

天涯孤独という言い方といい、苗字を言いよどむ様子といい、何か隠し事があるように感じられた。

ベートさんは日比谷のアメリカン・ファーマシーに勤務していた。医師の資格があるので、周辺の国際ホテルで病人が出た時に、往診して薬を出すのが仕事だった。親しくなってからは、日比谷で待ち合わせをして、お茶を飲みながら話をするようになった。

ベートさんはドイツ人だが、朝鮮戦争の時に、オーストラリア軍に志願して、従軍看護婦として戦場に赴き、そこで医師の資格も得たのだという。四年間の従軍で大尉にまで昇進し、退役の時に繰り上げで少佐になったのだそうだ。

堺屋太一と出会ったのは、退役してアメリカン・ファーマシーに勤め始めた直後だった。天涯孤独のベートさんにとっても、堺屋太一との出会いは、いい話し相手ができたということだったのだろう。

まだ親しくなる前、都電の中で三回くらい会っただけの時に、ベートさんのあとをつけたことがある。いまでいえばストーカーであるが、邪心はない。純粋にどんな人なのだろうという好奇心だけで、あとをつけたのだ。

堺屋太一は神保町で乗り換えるので、そこでいつも別れを告げる。その時は、一度下りたふりをしてから、後ろの入口から再び乗り込み、人のかげから様子を見ていた。本郷の東大赤門の先の農学部のところでベートさんは下車した。

探偵のように距離を置いてついていくと、とある民家の中に入っていった。日本人の弁護士の家の一隅に下宿していたのだ。風呂もない貸間である。医師として勤務しているのだから収入はあるはずだが、きわめて質素な生活をしていた。

かなり親しくなってから、ベートさんは生い立ちの秘密を教えてくれた。ベートさんの苗字はマイジンガー。父の名はヨーゼフ・マイジンガーである。篠田正浩監督の映画『スパイ・ゾルゲ』にも登場するゲシュタポ（国家秘密警察）の司令官であった。

ヨーゼフ・マイジンガーはナチス・ドイツのポーランド侵攻の折りに、「ワルシャワの虐殺者」の異名で恐れられた人物であるが、ドイツ国内の親衛隊と警察の対立などのあおりで、半ば左遷されるようなかたちで日本に派遣されたと言われている。日本においてもスパイの摘発に活躍し、日本在住のユダヤ人の処遇について過酷な提案をしたと言われている（これは実現しなかった）。

そういう人物であるから、終戦後に逮捕され、ポーランドに送還されて戦犯として裁判にかけられ、絞首刑に処せられた。

父は処刑、母は病死、兄二人は戦死。それで天涯孤独というわけだ。しかも父の赴任とともに異国に来て終戦を迎えることになった。

ベートさんは十八歳までドイツにいた。当時のドイツでは、十歳から十八歳までの若者はすべて、ヒトラー・ユーゲントという青年組織に所属することになっていたが、ベートさんは十八歳までいたので、指導者的な立場になっていた。

父が司令官ということもあって、ドイツに帰れば、ベートさん自身が裁判にかけられ、処刑されるおそれがあった。だから故国に帰ることもできない。

堺屋太一は、穏やかな父、しっかり者の母、成績優秀な兄と仲のよい姉という、温かい家庭で育った。このベートさんという天涯孤独の人物との出会いによって、まずは人生の厳しさというものを学んだはずだ。

だがこの人物は、もっと大きなものを堺屋太一に伝えることになる。

それは天涯孤独の人間が到達した一種の人生哲学である。故郷を失い、家族や友人を失った人間にとって、自分の支えとなるのは、結局のところ資産しかないという、孤独な発想である。

これは流浪の民であるユダヤの商人たちの哲学でもあるのだが、そのユダヤ人を排斥したナチスの青年組織に所属していたベートさんが、結局は天涯孤独となって、同じような哲学をもつようになるのは、皮肉な結果ともいえる。

しかし関西商人の遺伝子の中にも、合理的な精神が宿っている。ベートさんの冷徹なまでの合理主義は、その孤独な環境もあいまって、堺屋太一の胸の内に大きな共感をもたらすことになった。

堺屋太一が父から学んだのは、責任を果たし、信用を確立するという考え方だ。これはコミュニティーが確立した日本的な考え方だ。この伝統的な商人の思想と、故郷のないユダヤ商人に似た合理主義との双方を学ぶことで、のちの堺屋太一の思想と見識が確立されたと見ていいだろう。

ベートさんは四年間、従軍していたので、その間の給料はほとんど使わずに残っていた。外国企業に医師として勤務しているので、収入も破格のものであった。それなのに、風呂もない下宿に住んでいる。無理に節約するというのではなく、質素な生活が身にしみついているのだ。質素な生活が身にしみついていれば、自然と資産が拡大していく。

終戦直後から、従軍して朝鮮戦争に赴くまでの間、ベートさんは進駐軍のメイドのようなことをして生き抜いた。その時代も、進駐軍から入手した砂糖やペニシリンを闇でさばいて儲けていた。

質素であることと、ひたすら儲けること。それがベートさんの出発点だ。医師の資格をとって収入が増えたあとも、その基本姿勢はまったく変わらない。

当然、お金が貯まる。ベートさんはそのお金を、土地に投資していた。堺屋太一にも口ぐせのように、「土地を買いなさい」と勧めていた。

堺屋太一がベートさんと出会った時は予備校生であった。一年半後に東大の学生になったのだが、資産などはもっていない。しかし小学校の頃から、父からまとまったお金を貰って、学用品などを自分で買う生活を続けてきたから、倹約に努めて、学生にしてはまとまった貯金をもっていた。

そのわずかな貯金で、音羽のあたりに土地を買った。高度経済成長につれて日本の土地は急速に高騰していく。とくに都心の土地は、個人には手が出ない価格になっていく。まだ学生の頃に土地を買ったのは、単にそこに自宅を建てるということだけではなく、もっと大きな意味をもっていた。

この土地がなければ、もしかしたら大阪万博は実現しなかったかもしれないのだ。このことは後述することになるが、土地の購入はそれくらいの大きな意味をもっていたのである。

ベートさんはまた、株の購入を勧めた。お金のない堺屋太一には、株を買うゆとりはなかったが、これを買えと言われた株が、必ず値上がりするので驚いた。いかにもドイツ人らしい冷静な分析で、企業の業績や将来性を見抜いているのである。

ベートさんのこの見識をまのあたりにして、状況を把握して綿密に分析すれば、未来は予想できるということを学んだ。『油断!』や『団塊の世代』に見られる堺屋太一の未来予測の原点がここにあった。

ベートさんの生い立ちを聞いて、その天涯孤独の状況にも驚いたが、話の過程で、日本に来たのが十八歳だったということもわかった。それが太平洋戦争よりも前のことであるから、逆算すると、すでに三十歳を超えていることになる。このことも驚きであった。初対面の時は、金髪の美人という印象が強く、年齢よりも若く見誤ってしまったのだ。

実際には堺屋太一よりも十二歳年上であった。その年齢がわかったので、異性とつきあうという考えは消え、人生の先輩からさまざまな教えを学ぶという姿勢に変わった。

ベートさんとの交流は、ベートさんが一九八六年に亡くなるまで続いた。出会ってから三十年のつきあいであった。

ベートさんは一九六一年にドイツに帰った。だから日本国内で親しく言葉を交わしていたのは六年間にすぎないのだが、その後も電話や手紙のやりとりをして、さまざまなアドバイスを受けることになった。

ところでベートさんは日本を出発する前に、赤坂に所有していた五〇〇坪の土地を売り払った。

青山通りの草月会館から少し奥に入ったところ、ドイツ文化会館の建物が建っているあたりである。東京オリンピックの開催も決まった時期であるから、赤坂の一等地の地価は高騰していた。ベートさんは大資産家となって故郷に帰ったのだ。

その資産でベートさんは病院を建てた。当時の西ドイツと東ドイツの境目、いわゆる東西の壁に接したところだという話だった。

堺屋太一が実際にその病院を訪ねたのは、一九六九年になってからである。すでに通産省の役人となり、万国博覧会の開催という大イベントの実現に向けて、大活躍を続けている時期である。六九年といえば、万博開催の前年、すべての手筈が整って、最終の打ち合わせに参加各国を周るという仕事であった。これが堺屋太一にとっての、初めての海外旅行であった。

アフリカ経由でローマに着き、そこでスケジュールがあく、ということを電話で知らせると、ベートさんはローマまで迎えに行くと言ってくれた。どうやって迎えに来るのかと思ったら、何とベートさんはセスナ機を自分で操縦してローマ空港に降り立ったのだ。

そのベートさんのセスナ機に同乗して、ドイツに飛んだ。実際にベートさんが経営する病院に案内される。実に不思議な場所であった。川があってその向こうには鉄のカーテンと呼ばれる東西の壁がある。だがごく一部だけ、壁が少し奥まっている場所がある。そこに西側から橋がかかっていて、川の向こうの奥まったところに病院がある。

砦のような場所であった。三方を堅固な壁で囲まれ、残りの一方は川。そこに一本の橋がかかっている。その橋を通らなければ、病院に行くことができない。

ただの病院ではなく、ダイエット療法や長期リハビリのための施設ということだった。その砦のような立地から、マスコミの目を遮断できるので、西側の有名人が療養に来る。そういう意味で有名な施設になっているのだ。当然、患者はすべて資産家ばかりということになる。

病院の経営は順調のようであったが、ベートさんは投資にも熱心であった。

「全財産で金を買いなさい」

ベートさんのその時のアドバイスである。

「日本では金は輸入禁止です」

そう答えると、ベートさんは笑って言った。

「金の取引は現物を動かすことはないのよ」

スイスのチューリッヒに行って、イヤマーク（目印／ひも付き）と呼ばれる書類を入手すればいいのである。

当時の堺屋太一は万博の開催のために、なけなしの資産を投入している時期であったから、金貨を三枚ほど買って帰っただけだったが、ベートさんは三〇〇万ドルほどの金を保有しているということであった。

二年後の一九七一年、アメリカのニクソン大統領は、それまで兌換紙幣と考えられていたドルの、金との交換を停止すると発表した。いわゆるドルショック、ニクソンショックである。この結果ドルの価値は急落し、金の価格が高騰することになった。

世界各国の生産性が上がり、国際貿易が盛んになっている。これに対応してドルなどの通貨の供給は増大している。しかし金の鉱山は限られているので、金の価格は必ず上昇するはずだ。

考えてみれば当たり前のことだ。状況を把握し冷静に分析すれば未来は予測できるのである。このニクソンショックで、金の価格は一挙に四倍になった。ベートさんの資産も四倍になった。

この最初の訪問の少しあとで、堺屋太一は再びヨーロッパに旅行し、ベートさんを訪ねる機会があった。そのおり、次に高騰しそうなものは何か、と堺屋太一は尋ねた。

石油。ベートさんはそう答えた。

当時からＯＰＥＣ（石油輸出国機構）は結成されていて、石油産出国が団結して価格を上げようと試みていたが、相次ぐ油田の開発で供給量が上回り、六〇年代までは石油価格は安定していた。

しかし七〇年になると、先進諸国では石炭から石油へのエネルギー転換が起こって、世界的に石油は不足気味になっていた。

「石油なんて、どうやって買うんですか」

堺屋太一は問いかけた。金と違って、石油と交換できる紙切れは存在しない。

ベートさんは事もなげに言った。

「油田を買うんです」

ベートさんはすでにカメルーンのすべての油田の権利を保有しているとのことであった。まだ試掘の段階である。石油が実際に出るかどうかもわからない。

しかし石油は出たのである。かなりの埋蔵量であることもわかった。翌年、第四次中東戦争が勃発する。たちまち石油の価格が高騰した。いわゆる石油ショックである。

日本は大パニックに陥った。価格が上がるだけならまだしも、石油の絶対量が不足して、さまざまな産業の操業がストップした。この結果、トイレットペーパーなどの生活必需品が不足して、一般庶民の生活に多大の影響が出ることになった。

あとで経緯を語ることになるが、堺屋太一の『油断!』が公表されるのは、一九七五年になってからである。しかし草稿は石油ショックが起こった時点で、すでに完成していた。公表する出版社を探しているうちに実際の石油ショックが起こってしまったため、発表を控えていたのである。

ベートさんを二度目に訪ねた時は、堺屋太一は通産省の鉱山石炭局に配属されていて、石油の備蓄などを提言していた。もしも石油の供給が途絶えたら、どういう事態になるかという私的な研究にも着手していた。ベートさんからのアドバイスで、いよいよ石油の重要性を確認した堺屋太一は、研究の成果を何としても世に訴えなければならないという決意を固めることになる。

通産省鉱山石炭局というのは、名前は鉱山石炭局だが、現在の資源エネルギー庁のように、すべてのエネルギー資源を担当していたから、石油に関する未来予測は堺屋太一の職務でもあったのだが、ベートさんの予言がなければ、研究の成果を何としてでも発表しようという決意は生まれなかっただろう。研究そのものは私的なものだったので、通産省の研究として発表することはできなかった。結果として、堺屋太一は大変な苦労をして、「小説」という形で研究の成果を発表することになるのだ。

その意味では、ベートさんは作家堺屋太一の生みの親といっても過言ではないだろう。

ベートさんにはまだエピソードがある。

一九七四年にベートさんは久しぶりに来日した。ある商社と取引の必要があったからだ。病院のある村の特産品として、豚の角煮とピクルスの瓶詰めを作る計画を立てているのだが、隠し味にところこぶを使いたいということだった。似たような商品との差別化を図るために、ヨーロッパ人にはなじみのない味を加えようというのだ。

大量のとろろこぶが要るというので、堺屋太一が商社を紹介して、食事をともにした。その時の雑談で、アメリカの輸出禁止で大豆が極端に不足して困っているという話が出た。するとベートさんが、大豆ならわたしがもっていると言い出した。聞いてみると、五万トンあるという。半端な額ではない。

アメリカのウィスコンシン州で買い付けたのだが、輸入禁止が発令する前にカナダに運び込んで保管しているという。ただちに商談が始まった。ベートさんはどんどん条件を出して、英文で契約書を書き始める。規模が大きい取引なので、商社の方は、担当の常務を呼べとか、副社長に連絡しろとか、大騒ぎになっている。

即決というわけにはいかないので、一日だけ待ってほしいと商社は申し出たのだが、ベートさんは翌日のオーストラリア行きの航空券をもっていた。これは商社がキャンセルして次の日の航空便を押さえるということになって、ベートさんの航空券を受け取ったのだが、これがエコノミーの席だった。

金と石油の高騰で、ベートさんはすでに大富豪になっている。商社がファーストクラスを用意しますと言ったのだが、ベートさんは、倹約する楽しみを奪わないでほしいと言って、結局、エコノミーのままでオーストラリアに向かうことになった。

堺屋太一の目の前で展開されたこの商取引は、ベートさんの先見の明、決断の早さ、質素な生活スタイルなど、ベートさんという人物の力量と人柄とを、改めて確認する絶好の機会であった。とくに印象に残ったのは、大富豪になっても驕ることのない、つねに節約を重んじる謙虚な態度である。

ベートさんは贅沢な生活を求めて資産を増やしているのではない。ベートさんには家族もいない。では何のためにお金を儲けるのか。それは自己の存在意義のかかった、一種のプライドのためと思われる。

おそらく自分の予測能力を楽しみ、自らの能力を実証するために、これと決めた投資をするのだろう。生活そのものは、あくまでも質素で、それは終戦直後からまったく変わっていないのだ。

一九八四年に堺屋太一がドイツを訪ねた時に、ベートさんはこんな話をした。

「最高の贅沢というのは、毎年のクリスマスイブのパーティーに、二十年間、同じドレスを着ることなのよ」

これはベートさんの人生哲学でもあるだろう。自分の個性に合ったお気に入りのドレスがあれば、ずっとそれを着ていればいいのだし、二十年経過しても自分の体型や容姿に変化がないということの証明でもある。だから同じドレスを胸を張って着続けることができるのだ。

またこの時、ベートさんは、デリバティブという新しい取引について熱心に語ってくれた。現在ではさまざまな金融派生商品が出回っているが、一九八四年の時点では、誰もそんなことを考えていなかった。その点では、ベートさんは最後まで、堺屋太一の先生だったのだ。

デリバティブというのは、リスクヘッジとして機能することもあるが、逆の方向に利用すると、わずかな投資資金でハイリスク・ハイリターンのギャンブルに打って出ることもできる。この時、ベートさんはすでに脳腫瘍に冒されていて、自分の死期が近いことを自覚していた。金儲けではなく、自分の存在の確認のために、積極的に新たな領域への投資を続けてきたベートさんは、このラストチャンスの賭けでも、多大の利益を得たようだ。

二年後の一九八六年、ベートさんは脳腫瘍で亡くなった。世界的な大富豪であったが、生涯独身で、身寄りはいない。資産は新設された財団法人に残された。その財団法人にも遺言が残されていた。それは二つの予言とそれにまつわる指示であった。

一つは保有している株を売る時期で、一年後から二年以内の期間にすべての株を売って国債にするように指示していた。その時期に持ち株が最高値になることを見通していたのだ。もう一つは、東ドイツの社会主義政権が崩壊して、鉄のカーテンがなくなることを予言していた。そうなれば、病院は西側の特別な人々のものではなく、東ドイツの民衆のために開かれなければならない。この二つの予言は、見事に当たった。

財団法人は病院を運営するとともに、残された膨大な資産を投入して、戦災で破壊された近くの教会を修復する活動を続けている。その教会は十一世紀に建設された由緒正しき石造りの建物だが、修復のための資材の調達には膨大な手間と費用がかかる。完成まで百年以上かかるとされる大事業である。

ベートさんが亡くなってから十八年後の二〇〇四年、堺屋太一はドイツを訪れる機会があった。ベートさんの家に行ってみようと思ってタクシーに乗った。東西の壁は完全に取り払われていた。タクシーの運転手に聞いても、若い運転手はどこに壁があったかも知らない。川があって橋がかかっていて、といった地形を話しても、壁そのものがなくなっているので見当がつかない。

住居表示の村の名はわかっているが、新しい高速道路ができていて、あっという間に村を通り過ぎてしまう。何度か高速道路を往復するうちに、見覚えのある風景を見つけた。高速道路を下りてそのあたりに近づいていく。だが、十八年も経過しているのだから、周囲の風景はすっかり変わっている。

通りがかりの人に聞いて、ようやくその家に到達した。自宅はもともと質素な建物だったが、そこは自然保護の団体の事務所のようなものになっていた。病院も残っていたが、西側の人が来る特別な施設ではなくなって、旧東ドイツの人たちが来るふつうの病院になっていた。

病院のある敷地は、旧東ドイツの地域に囲まれていた。以前は壁に囲まれていたのだが、壁がなくなったいまは、旧東ドイツの一部にとりこまれてしまった。ベートさんが創立した病院が、いまも多くの人々の役に立っていることがわかってよかったと思ったのだが、すっかり変わった周囲の風景の中で、堺屋太一は感慨に耽ることになった。

ベート・マイジンガーという、きわめて個性的な人物との出会いは、自分の人生に大きな影響を与えた。ベートさんからはさまざまなことを学んだ。それは経済に対する具体的な情報であったり、時代状況に対する見識であったりしたが、何よりも、人生とは何かということを、この女性から学んだように思う。

きっかけは、都電の中での偶然の出会いだった。その時、堺屋太一すなわち池口小太郎は、まだ大学にも入っていない、予備校生にすぎなかったのだ。

第三章　なぜ通産省を選んだのか

一九五六年、堺屋太一は東大に無事合格し、駒場の教養学部に通うようになった。

当時の堺屋太一は建築への興味が強く、工学部に進みたいと考えていた。浪人中に建築事務所で勉強していたから、一級建築士並の知識があって、駒場の学生会館の建築設計コンペで一等賞を獲得するなど、その腕前とセンスも一級品であった。

しかし本郷の専門課程と違い、駒場の教養課程では、さまざまな分野の基礎を学ぶことになる。高校の頃から経済学に興味をもっていた堺屋太一は、やがて自分の進むべき道は経済学部ではないかと考えるようになった。

東大では入試の時に、将来の学部を見越して志望コースを決め、教養課程の講義を受けることになる。そのまま進学すれば問題はないのだが、途中でコースを変えようとすると、途端に狭き門となる。要するに、トップクラスの成績でないと、コースを変えることはできないのだ。

減点方式の大学受験では苦労したが、もともと頭脳は明晰で着想力はあったから、大学に入ってからの成績はよかった。余裕の成績で、堺屋太一は本郷の経済学部に通うようになる。卒業の時は学部で三番だったと本人は自負している。総代の控えのそのまた控えを命ぜられていたからだ。

卒業した直後に、六〇年安保闘争が起こる。その前段階の闘争の盛り上がりは、在学中からあった。

当時の経済学といえば、マルクス経済学の全盛時代であった。大学全体でも、経済学部に限っても、いわゆる左翼学生が多かった。当時の左翼は日本共産党系の旧左翼と、ブント（共産主義者同盟）系の新左翼に分かれて対立していた。前者が穏健派、後者が過激派である。

堺屋太一は左翼には傾かなかった。経済学を主義主張とか革命思想に結びつけるのではなく、実用的な学問だととらえていたからだろう。

堺屋太一の師は、大河内一男教授であった。のちに東大総長となり「太った豚になるよりは痩せたソクラテスになれ」という名言を残した有名な人物である。その後、全共闘時代に遭遇して、大学入試の中止や、学生たちが籠城した安田講堂への機動隊導入などを経て、辞任することになる。

この大河内一男は、マルクスも研究していたが、中央公論の「世界の名著」シリーズに収録されているアダム・スミスの『国富論』の巻の責任編集者であり、訳者（他の二人と共訳）としても知られている。

マルクスが禁書であった戦前の学生たちは、まず『国富論』を学んだ。しかし戦後になるとマルクス主義が全盛となり、『国富論』はマルクスによって批判された古典経済学にすぎないとする見方が広がっていた。しかし大河内一男は『国富論』の重要性を主張し続けていた。

『国富論』の原題は「諸国民の富の性質と原因に関する研究」であるが、明治の頃にこの古くさいタイトルが広まったこともあって、一国の利潤を追求する重商主義の書だと誤解されることもあるのだが、アダム・スミスはむしろ重商主義を主張するそれまでの経済論を批判することで、自ら経済学を構築した。なるべく安い賃金で労働者を働かせることが国を豊かにするというのが重商主義の考え方だが、アダム・スミスは労働者が意欲をもって働かなければ、生産性は向上しないと考えた。

アダム・スミスの『国富論』は、そのタイトルとは逆に、国家中心の植民地主義を批判し、人間中心の経済学を打ち立てたのだ。その意味では、プロレタリアート独裁の国家が資本を独占するというマルクスの理念は、むしろ後退していると見ることができる。ロシア革命によって実現したソビエト連邦など、実際の社会主義国家も、労働者の意欲を育てることを考えず、ただ過酷なノルマを負わせるだけで、重商主義、植民地主義に後戻りすることになった。その結果、二十世紀の末までに、ほとんどの社会主義国家が崩壊することになった。

堺屋太一が大河内一男に学んだことは、その後の人生にとっても大きな意味をもっている。世の中の多くの若者たちがマルクス主義の幻想に惑わされていた時代に、筋の通った理論で現実を見つめ、人間の意欲を重視する新たな視点をもったことが、通産省の官僚として、あるいは作家としての堺屋太一の思想の基礎を築いたのではないだろうか。

大学での四年間を終えた堺屋太一は、いよいよ社会に出ることになった。そこで就職という問題につきあたる。堺屋太一の前に、選択肢が三つあった。一つは通商産業省（いまの経済産業省）、あとの二つは住友銀行、近鉄という民間企業であった。この三つから内定をもらったので、どこに入るか、決めないといけない。

父にも相談したし、東大を出て大蔵省（財務省）に入っていた兄にも相談した。考え込んでいると、三つの進路が三つどもえになって、迷いに迷ってしまった。

幸いなことに、ベートさんはまだ日本にいた。

人生の一大事だということで相談すると、ベートさんはこう言った。

「そんなに迷うのは、自分が何をやりたいのか、よくわかっていないからだね。そういう時は、実社会に出てやりたいことが見つかった時に、進路変更が可能なところに身を置いた方がいい。それぞれの職場の先輩たちが、その後、どんなふうに転身しているかを調べてごらんなさい」

言われたとおりに調べてみたが、日本の民間企業は終身雇用制だから、別の分野に転身するということはほとんどない。ところが省庁のエリート官僚は、最高ポストの事務次官を目指して一直線に昇進していく人もいるが、途中からさまざまな分野に転身していく人も多い。

政治家になるのもいれば、財界人になる人もいる。評論家や大学教授に転身する者もいる。進路の多様性という点では、圧倒的に役所の方が面白そうだ。ベートさんのアドバイスで、決意は固まった。

こうして、一九六〇年、池口小太郎は通産省に入省し、社会人としてのスタートを切ることになった。

入省直後に配属されたのは、通商局通商調査課であった。これも一種の運命といえるだろう。通商白書を書くのが主な業務である。これ以後、数回にわたって通商白書を書くことになる。ベートさんとの出会いもさることながら、通産省に入省した直後に通商白書を書く仕事をしたことが、作家としての出発点であると見ていいだろう。ここで堺屋太一は、文章を書くことの面白さを体験することになる。

もちろん白書と小説とでは文体がまったく違う。とはいえ、堺屋太一の「小説」というのは、一種のシミュレーションと考えることができる。小説というスタイルをとっているから、人物を設定し、具体的な状況を提示して話を進めていくことになるが、話の内容はきわめて論理的で実証的なものだ。その意味では、通算白書と堺屋太一の小説との間に、大きな隔たりがあるわけではない。

もっとも、白書というのは個人の著作物ではなく、無署名で書かれるものだ。だから、白書として公表されたものを、堺屋太一個人の作品と見なすことはできない。だが、幸いなことにネット時代のいまは、数十年前の通商白書をネットで読むことができる。一読するだけで、これは堺屋太一の文体だと見てとれる。

とくに注目されるのが一九六二年の通商白書だ。ここで有名な「水平分業」という理念が語られ、一種の未来予測がなされることになるのだが、この年は堺屋太一の入省三年目にあたる。

通常、入省直後の新人に与えられる仕事は、先輩が提出した論点を文章にまとめる作業である。つまりアイデアを先輩が出し、新人はただリライトするだけのことだ。しかし入省三年目のこの時期は、堺屋太一は先輩になり、アイデアを出す側に回っていた。本来なら、後輩の新人に文章をまとめさせればいいところだが、ここからが堺屋太一の面白いところだ。

先輩となっても、堺屋太一は文章のまとめを後輩に任せることなく、すべて自分で書いたのである。結局のところ、堺屋太一は文章を書くのが好きだったのだ。アイデアだけをメモして後輩に渡し、あとは何度も書き直しをさせて完成させればいい原稿を、堺屋太一は全部一人で書いた。この時、堺屋太一自身も、自分は文章を書くのが好きだと気づいたに違いない。

ところで、「水平分業」とはどのような概念なのだろうか。

発展途上国が原材料を提供し、先進工業国が製品を作る。これは植民地時代から続けられてきた分業である。こういう上下関係のある分業を、白書では「垂直分業」と呼び、これに対して、「水平分業（水平的国際分業）」という新たな傾向が見られることを指摘している。

第二次世界大戦後、植民地支配の体制が崩壊し、旧植民地国と旧宗主国の経済的な結びつきも希薄なものになりつつある。自由貿易の拡大と、発展途上国の工業化によって、単なる先進国への原材料供給といった役割分担ではなく、各国が自分の得意な分野に特化した工業製品を生産することによって、上下関係ではなく、水平に工業製品を輸出入するような貿易が拡大しつつある。

この傾向を指摘するとともに、今後はこの水平分業が拡大していくことになると、白書は未来を予測しているのである。実際にその後の白書を見ても、水平分業の拡大が報告されているし、この水平分業論は、今日のグローバリゼーションを予言したものと見ることもできる。

この水平分業という概念は、大きな反響を呼ぶこととなった。戦前の日本は軍需産業を別とすれば、軽工業が中心であった。安価な労働力に支えられた日本の繊維製品は、先進諸国に輸出されていたが、それはただ安価であることをメリットとしたものであったし、糸や生地を輸出するだけで、最終的なデザインを施した完成品は先進国の独壇場であった。その意味では、日本は水平分業の中間地点に位置するような国であった。

戦後の日本は国家主導によるインフラの整備で、重工業を復興するだけでなく、石油化学のインフラ整備も実現し、さらに自動車産業や、エレクトロニクスの分野でも、急速な成長を遂げていた。

しかし自動車も電気製品も、この時点では、ただ安価であることを売り物にしていた。政治家や役人の中にも、日本は「中進国」であるという認識が広まっていた。

しかし水平分業という新たな理念が提出されたことで、その後の日本は、中進国に甘んじるのではなく、先進国と肩を並べるところまで製品の質を高めなければならないという意識が広まることになった。日本の自動車産業やエレクトロニクス産業が世界のトップに躍進したのも、こうした理念があったからだと考えられる。

この「水平分業」という言葉は諸外国にも広まり、経済用語として定着した。日本以外の発展途上国も、水平分業という目標に向かって工業化を推進することになった。そして二十一世紀のいま、中国やインドのようなかつての発展途上国が、水平分業の一翼を担う工業国に発展しているのである。

この水平分業という理念は、前年の白書にも掲げられていたのだが、この六二年の白書では、ＥＥＣ（欧州経済共同体）の活動の拡大によって、水平分業がより顕著なものになったことが指摘されている。そうした具体的な指摘によって、「水平分業論」は一挙に脚光を浴びることになった。ＥＥＣというのは一九五八年に結成されたもので、これがのちにＥＣ（欧州共同体）、さらにはＥＵ（欧州連合）へ発展していくことになる。

ヨーロッパは独立性が強くそれぞれに高いプライドをもった国々が密集した地域である。とくにその中でも面積的に小さなベルギー、オランダ、ルクセンブルクの三国が終戦直後の一九四八年に結成したベネルクス関税同盟が、ＥＵに到る潮流の出発点だった。次にこの三国に西ドイツとフランス、イタリアが加わって一九五二年に欧州石炭鉄鋼共同体（ＥＣＳＣ）を結成し、これを発展させたのがＥＥＣ（参加国はＥＣＳＣと同じ）である。

ＥＥＣは関税の統一、資本と労働力移動の自由化、農業政策の共通化などを実施していった。限られた地域だけではあるが、水平分業が具体化し、実際に生産力や利益が拡大していくことによって、イギリスなどの周辺国もこの潮流を無視できなくなっていく。

実はこの年（一九六二年）、堺屋太一は最初の著作を発表している。『ＥＥＣ——その経済と企業』（日本能率協会刊）という本である。これは自費出版などではなく、「マネジメント新書」というビジネス書のシリーズの一巻として発売されたもので、実用的な商業出版であるから、プロの書き手としての出発点というべきだろう。ただしこの本は、本名の池口小太郎の名前で出版されている。

一九六〇年に入省した堺屋太一は、ようやく入省後の三年目に入ったばかりであり、ヒラの役人にすぎない。年齢もまだ二十七歳である。役人で本を出す人は少なくないが、それは課長くらいになった人が、長年のキャリアを活かして書くもので、二十七歳の若い役人が本を出すのは異例だろう。生意気だと思われて、相当に風当たりがきつくなったのではないかと思われる。

堺屋太一が入省した一九六〇年の頃には、戦前からの封建的な風潮が根強く残っていた。とくにこの時代の通産省には保守的にならざるをえない事情があった。ほとんどすべての物資が配給制で、通産省の許認可によって経済が動いていた時代から、経済の自由化が求められる新しい時代への過渡期にあって、通産省は許認可権が次々に奪われるという苦しい状況にあった。ヨーロッパという広域の経済圏で自由化を推進しているＥＥＣの実情を紹介し、そこに範を求めようとする堺屋太一は、当時の通産省においては異端児と見られていたのではないかと思われる。

とはいえ、何しろお役所の仕事だから、一人では何もできない。堺屋太一がいくらユニークな発想をもっていたからといって、省内に支援してくれる人がなければ、通商白書の執筆を任されることはなかったはずだ。

実はこの時期の通産省は大きな変わり目に差しかかっていた。戦後の日本は重化学工業の推進によって高度経済成長を実現してきた。しかし終戦直後の段階では企業に国際的な競争力はなかった。そのため外国製品には高い関税をかけ保護貿易を貫いてきた。また国内企業の競争激化によって収益が減少することを避けるため、原材料などの物資は統制され、新規事業を興すためには通産省の許認可が必要だった。

そのように国家（通産省）による管理を徹底させることで国内産業を保護してきた。例えばオートバイメーカーのホンダ（本田技研工業）が乗用車の生産を始めようとした時も、通産省の認可を得るのに大変な苦労が必要だった。乗用車メーカーの乱立によって国内産業が弱体化することが危惧されたのだが、許認可権を省庁がもっているということは、役人の権威がそれだけ大きかったということだ。

役所というものは権威を手放したがらないものだが、度が過ぎると社会主義と同じことになり、国家管理による統制経済はやがて衰退する。そのままでは日本は世界の潮流からとりのこされることになっていただろう。堺屋太一が通産省に入った時期には、欧米の日本大使館などに出向で駐在していた若手官僚の中から、国際派と呼ばれる自由貿易推進を図ろうとする勢力が力をつけ始めていた。

このあたりの状況は城山三郎の小説『官僚たちの夏』にもなまなましく描かれているのだが、二つの勢力の対立の中に、突然「水平分業」というユニークな発想をもつ新人が出現したのだから、大きな波紋が投げかけられたことだろう。結果としては、国際派の勢力拡大という大きな流れに堺屋太一もタイミングよく加わることができ、それが万国博覧会の開催にまでつながっていくことになるのだ。

入省二年目、三年目で頭角をあらわした堺屋太一だが、入省直後には新人いじめともいえる厳しい洗礼を受けることになった。当時の役所には、まるで封建時代の徒弟制度を思わせるような、新人をしごく風潮があった。

堺屋太一自身、忘れられない思い出がある。入省直後のことである。

研修期間を終えて配属された通商調査課に赴くと、上司（課長）から稟議書を書けと命じられた。すぐに書いて提出すると、上司は言った。

「きみ、この文章は四とおりに解釈できるよ。正確な文章を書く鍛錬として、この文章を四とおりに書き分けてみなさい」

言われてみると、二とおりに読めることはすぐにわかった。しかし三つ目がわからない。考え込んでいるうちに、夜の八時になり、周囲の人々が帰宅を始めた。

すると帰り支度をした上司が近づいてきて言った。

「池口くん、きみは初めてなんだから、そんなに慌てて書くことはないよ。一晩じっくり考えて明日回答してくれたらいい。腹が減ったらね、ここの寿司屋は十時まで開いているし、虎ノ門の銭湯も十一時までやっている」

つまり徹夜でやれということだ。そのまま自分の席で考え続けていると、夜中の二時に上司から電話がかかってきた。ちゃんと席にいるかの確認である。翌朝にも電話があった。

「どうだ、わかったか」

「はあ、三つ目はわかりました」

「四つあるんだよ」

翌日も徹夜になった。

三日目に上司が文庫本をもってきた。川端康成の『伊豆の踊子』である。ページを開くと傍線が引いてある。

「この文章は十一とおりに読めるんだ。その十一とおりを書き分けてごらん」

七つまではわかったが、その先がわからない。

結局、土日も含めて、一週間、役所に缶詰になっていた。

これがその当時の官僚の、部下のしごき方であった。こんなふうに部下を鍛えていくからこそ、正確な文章が書けるようになり、法律の文言を書くなどの仕事はできるようになる。しかし、上司の命令に従うだけの従順なキャリア官僚が育成される反面、自分から新しい業務に挑むような積極的な姿勢は、最初から摘み取られてしまう。

何か新しいことをしようとすると、上司からうるさく批判される。だから余計なことはしない方がいいという、いかにもお役人的な消極的な発想になってしまうのだ。

堺屋太一は違った。通商白書に「水平分業論」というまったく新しいアイデアを盛り込み、入省してわずか三年目で自著を出版する。周囲からは白眼視されただろうが、堺屋太一は意に介さない。それがこの人物の特異な個性である。

これは自己顕示欲ではない。本を出して収入を得たいということでもない。面白いテーマがあれば、出来る限り多くの人に知ってもらいたいという、純粋な気持ちがあるだけなのだ。

一九六三年九月。堺屋太一は人事異動で企業局工業用水課に移った。

ここで故郷の大阪の地盤沈下の問題を担当したことが、大きな意味をもつことになる。

大阪はすでに戦前から地盤沈下を始めていた。とくに一九三四年の室戸台風で高潮による広範な被害が出たことから調査が続けられていた。戦時中から戦後にかけての産業の停滞で、地盤沈下は一時、停止していたのだが、戦後の経済復興とともに、再び著しい地盤沈下が見られるようになった。

そのため政府は一九五一年から工業用水道の建設に着手し、一部の工業地域では地下水の採取制限が実施されていたのだが、産業の発展に追いつかず、地盤沈下は収まらなかった。一九六〇年当時は、年間二十センチの沈下があって、このままでは大阪は海面下に没すると危惧されていた。果たして一九六一年、第二室戸台風の襲来で、大規模な浸水被害が生じることになった。

堺屋太一が工業用水課に赴任したのは、そのような時期である。すでに海岸を埋め立てた工業地帯には工業用水道が引かれ、地下水の採取は制限されていた。さらに一九六二年には「建築用地下水の採取の規制に関する法律（ビル用水法）」が施行され、さらに政令で大阪市全域を同法の指定地域とした。工業地帯だけでなく、通常の市街においても冷暖房や洗浄のための大規模な取水は規制されることになった。しかし、それでも地盤沈下が止まらなかった。

学者の中にも、地下水の取水規制と地盤沈下の因果関係に疑問をもつ意見が出てきていた。そのため、規制を求められた業者たちが、たやすく規制に従わなくなっていた。とくに工業用水道が引かれていない地域では、高額の上水道を使用しなければならず、操業に多大の影響が出る。

大阪には零細企業が多かった。それだけに、零細企業のすべてが規制に従わねば、地盤沈下は収まらないと堺屋太一は考えた。

そこで一九六五年に、零細企業の多い市内東部の生野区、平野区、東住吉区、さらにその東の守口市、門真市などを、工業用水法の指定地域とした。

そして、中小企業の一軒一軒を回って、地下水の採取を止めるように訴えた。中小企業の社長たちも、地盤沈下の深刻さは理解している。ただ企業としても死活問題なので、容易には指示に従わない。もしも工業用水や水道を利用しても地盤沈下が止まらなかったら、損失をどうしてくれるんだと反論する。

そこで堺屋太一がとった方法が、個人保証というものであった。もしも地盤沈下が止まらなかったら、水道の費用を自分が払うと、堺屋太一は約束したのである。そんなことをする役人は前代未聞である。だが、前代未聞のことを平気でやってしまうのが、堺屋太一である。

もちろん、まだ二十歳代の若手官僚が個人保証するなどと言ったところで、誰も信用しないだろう。この本の初めの方でも書いたように、ここに父親が乗り出してくるところが、何とも驚くべき展開である。父親はただの弁護士ではない。安土桃山時代からの商家の当主であり、奈良に広大な土地を所有する富豪でもあった。

ともあれ、堺屋太一の熱意に感服した中小企業の社長たちは、取水規制に応じることとなった。その結果、一九六七年を地盤沈下のピークとして、その後は沈下の速度が急速に衰えることとなった。これに勢いを得て、その後も規制地域が拡げられ、「大阪府公害防止条例」や、「大阪府生活環境の保全等に関する条例」が制定された。現在では地盤沈下はほぼ完全に収まっている。

用水というものは、全国各地にあるので、堺屋太一も大阪だけに貼り付いていたわけではないのだが、この時期の最重要問題が大阪の地盤沈下であったことから、大阪府知事や大阪市長をはじめ、府や市の要人と会う機会も多く、そのことが大阪万博開催に向けての基礎固めに役立った。

通産省という大きな組織の中では、堺屋太一はまだ組織の末端に位置する若手官僚にすぎない。けれども、通産省のエリート官僚として地方に派遣されれば、年齢などは関係がない。国の権威に支えられた役人として、知事とも市長とも、また関西財界の代表者とも、対等に渡り合うことになる。大阪の地盤沈下をくいとめた功績で、堺屋太一は関西地区で名を高め、貴重な人脈を築くことになった。

すでにこの時期、堺屋太一の胸中には、万国博覧会という夢が秘められていた。それはまだ夢にすぎない。しかし人脈があれば、夢は実現に向けて一歩を踏み出すことになる。

ここで少し時間を遡って、堺屋太一がいかにして「万博」という夢を抱くようになったか、その過程をたどってみることにする。

日本では万国博覧会という言い方をするのが通例になっているが、インターナショナル・エキスポジション（略称エキスポ）をそのまま訳すと「国際博覧会」となる。正式には、国際博覧会条約によって認可された博覧会だけが国際博覧会すなわち万博と呼ばれることになるのだが、博覧会と称する催しは、遊園地の催しなどでもしばしば開催される。

堺屋太一が博覧会というものに最初に興味を覚えたのは、中学生の時だった。一九四八年、中学一年の時に、大阪で「復興大博覧会」が開かれた。

その博覧会の会場全体の絵図が残されているのだが、海岸沿いの広大な土地に、巨大なテーマパークが開設されている。飛行塔のような遊具もあり、さまざまな形のパビリオンが並んでいるさまは、まさに壮観である。遠くに大阪城が描かれているところが大阪ならではだが、堺屋太一が建築に興味をもつようになった出発点も、ここにあったのではないかと思われる。とにかく、少年だった堺屋太一の胸の内には、博覧会というものの強烈な印象が刻みつけられたことだろう。

大阪の市民や経済人は、どうやらもともと博覧会好きであったのではないだろうか。この復興大博覧会の四年後の五二年にも、「講和記念婦人とこども大博覧会」という催しが開かれている。

さらに五四年には、大阪国際見本市が開かれた。これは日本における初めての大規模な国際見本市であった。現在では住之江区に大阪国際見本市会場（インテックス大阪）という恒久的な見本市会場（東京ビッグサイトや幕張メッセのような施設）が設置されているが、もちろんこの初めての見本市では、すべての建物が新しく建てられた。

博覧会や見本市は、建物の中の展示物もさることながら、建物の外観のデザインそのものが、多様で華麗な、インパクトの強い展示物でもあるのだ。

このような大きな見本市が可能だったのも、この頃はまだ大阪が商都として栄えていて、充分な経済力があったからである。住友銀行や三和銀行の本社機能は大阪にあったし、繊維産業も盛んであった。松下電器やサントリーなどの企業も大阪を中心として活動していた。

戦前までは、政治の中心は東京であったが、経済の中心はむしろ大阪にあった。そのため、関東大震災で東京が被害を受けても、日本の経済は揺るがなかった。

しかし堺屋太一が通産省に入省した一九六〇年になると、状況は大きく変わっていた。戦後の復興が、財政投融資によるインフラ整備など、政府の指導で実施されたこともあって、経済の中心も東京に一極集中しようとしていた。一九六四年の東京オリンピックの開催に向けて、高速道路の建設や地下鉄の新路線など、首都の整備が急速に進んだ。経済の一極集中は加速されていた。

のちに(一九六七年)、堺屋太一は池口小太郎名義の第一の著作として、『日本の地域構造——地域開発と楕円構造の再建』(東洋経済新報社刊)を出版することになる。

楕円は円と違って、二つの中心をもつ。つまり戦前のように、東京と大阪という、二つの対等な経済圏をもつ必要があるということを述べた本だが、すでに工業用水課の担当者として大阪に赴くようになった時点で、堺屋太一はこの構想をもっていた。

工業用水課に配属され、地盤沈下対策で足繁く大阪に赴くようになって、堺屋太一は実際の地盤沈下だけでなく、大阪の経済が地盤沈下しつつあることを実感した。

東京への一極集中を防ぐには、オリンピックに対抗できるような、大きなイベントを大阪で開くことが必要ではないか。

大阪で万国博覧会を開く。

このアイデアは、終戦直後の中学生時代に見た復興大博覧会の体験と、大阪の地盤沈下という現実から、必然的にもたらされたものだった。

第四章　７０年万博開催はまず馬の糞探しから

少年の頃から、博覧会や見本市に興味をもっていたことは事実だが、その当時は、淡い憧れをもっていただけのことだった。だが、工業用水課の若手官僚として大阪の地盤沈下に取り組んでいた頃の堺屋太一には、もっと具体的な知識とビジョンがあった。

きっかけは、まだ通商調査課にいた時のことだ。

入省して三年が経過した。この頃になると、若手の官僚には、さまざまな方面から見合いの話が寄せられる。東大卒で通産省勤務ということになれば、花婿候補としてはこれ以上ない条件である。

さらに堺屋太一には有利な条件があった。次男だから親と同居する必要もない。それなのにすでに都心に一戸建ての自宅を構えていた。独身なのに一戸建てに住んでいるというのも奇妙なことだが、ベートさんのアドバイスで学生時代にすでに土地を購入していた。そして、もともと建築が趣味なので、自分で設計して家も建てていたのだ。

実際に堺屋太一が結婚するのは四十一歳の時であるが、それまでには何件もの見合い話が持ち込まれたことだろう。なぜ四十歳を過ぎるまで独身を貫いたかといえば、それは仕事が忙しすぎたということもあるだろうが、結局のところ、これだ、と思える女性と出会えなかったということに尽きるだろう。ロマンチストなのである。

入省して三年が経過した時期というのは、一つの転機である。キャリア官僚の人生は、事務次官という官僚としての最高の地位を目指すレースに参加して、抜きつ抜かれつの競走をするようなものだ。新人はとりあえずどこかの部署に配置されたあと、二年くらいの単位で配置転換され、さまざまな部署を体験しつつ、セレクトされていくことになる。

だから、現在の直属の上司が、ずっと上司であり続けるわけではない。何度かの配置転換を体験しながら、網の目のように人脈を拡げていくことになる。だが、入省の直後というのは、ピラミッド状の組織の一本の糸に組み込まれているにすぎない。直属の上司がいて、さらにその上にも上司がいて、ずっと上までたどっていけば事務次官に到達するわけだが、そのあたりは雲の上の人だ。

若手官僚に持ち込まれる見合い話も、そういう人脈の中からもたらされる。単に結婚の相手を見つけるといった単純なものではない。堺屋太一が四十歳を過ぎるまで結婚しなかったのも、そういう人脈に縛られることを嫌ったせいかもしれない。

さて、入省三年が経過した堺屋太一に、見合いの話が持ち込まれた。声をかけてくれたのは、ずっと上の方の上司にあたる人だ。ありがたい話ではあるが、まだ結婚する時期ではないという思いがあって、丁重にお断りした。理由が必要なので、いまは仕事が楽しいので、あとしばらく独身のままで仕事に打ち込みたいといったことを告げた。

するとその上司は、顔をしかめて言った。

「日本の役人は働き過ぎだ。仕事に熱中しすぎると、一生結婚できないことになるぞ」

これは貴重なアドバイスであった。

この上司は、カナダの日本大使館で通商担当の書記官を務め、帰国したばかりだった。主要国の大使館には、通商担当の書記官が通産省から派遣される。しかし通産省全体の中では、これは特許局などの外局と同様、傍系の仕事である。外務省ならともかく、通産省の出世レースからすれば、カナダなどに赴任するのは、かなり遠回りのコースに追いやられたという印象がある。

しかしこの時期、通産省は過渡期にあった。通産省がもっている許認可権で経済をコントロールし、保護貿易で産業を育成する段階から、自由競争で競争力を鍛える時代へ、世の中は大きく移り変わろうとしていたのである。結果として、このカナダ帰りの上司は、最終的には事務次官という出世レースの最高地点に到達することになる。

カナダだけでなく、欧米の役人やエリート商社マンは、働きづめに働くようなことはしない。定時になれば帰宅し、妻とオペラやコンサートに出向いたり、ホームパーティーを開いたりする。週末には別荘に出向き、ヨットに乗ったり、テニスを楽しんだりする。実は、そういう余暇の人脈も、結果としては仕事に活かされることになるのだ。

そういう欧米の価値観からすれば、趣味もなく朝から晩まで働き続ける日本人は、まさに仕事中毒の働き蜂ということになる。ひたすら働いて滅私奉公する人物は、日本では評価されるけれども、欧米の人から見れば、教養もなく、社会的な見識もない、視野の狭い輩ということになる。視野の狭い、ひたすら働くだけの人材は、信用もされないし期待もされない。まさにエコノミック・アニマルである。

上司はカナダでの体験談をまじえて、これからの日本は、生活のスタイルも欧米に学び、視野の広い、ゆとりのある生活をしないといけないと力説した。水平分業論を提出した堺屋太一としても、大いに学ぶべき意見ではあったが、この上司の次の言葉が、強い印象を残すことになった。

「カナダにも朝から晩まで働いている役人がいたよ。万国博覧会の担当者だ。開催までの準備期間が限られているので、朝から晩まで働きづめだ。ああいった余分な仕事をかかえこむと、結婚どころではなくなる。きみも注意することだな」

ここで上司が語った万国博覧会というのは、一九六七年に開催されることになるモントリオール万博のことだ。のんびりしているカナダの役人も、タイムリミットのある作業には真剣に取り組まざるをえない。そのことを指摘して、上司は働き過ぎはよくないとアドバイスしてくれたのだが、堺屋太一には逆効果だった。

万国博覧会のために働きづめに働いているカナダの役人、という話を聞いて、堺屋太一は静かな興奮を覚えた。

カナダで万博が開けるなら、日本でも開けるはずだ。

東京オリンピックが目前に迫っている時期であった。競技の会場だけでなく、道路や地下鉄、モノレールなどのインフラ整備が進み、東京は活気づいていた。しかしこういう一過性の需要のあとには、景気の停滞が起こる可能性があった。この種のイベントは次々と企画を立てて、景気を刺激する必要がある。

オリンピックの次は万博、という思いが、堺屋太一の脳裏に宿った。

だが、具体的にどのような準備をすればいいのか。少年時代の大博覧会への憧れのほかには、当時の堺屋太一には、万博に関する格別の知識があるわけではなかった。

ただカナダで万博の準備をしている役人の話を聞いて、万国博覧会は堺屋太一にとって、ただの夢ではなくなった。万博というものが、にわかに現実的なものと感じられた。

堺屋太一が中学生の時に見たのは、復興大博覧会というものであったが、それは各都市で個別に開いたものにすぎない。大博覧会などという名称も、勝手に使っているものだ。しかしそんな博覧会とは次元の違うところに、万国博覧会という、国際的に認められた催しがあることを、この時、初めて認識するようになった。

オリンピックは四年に一度の祭典である。では万国博覧会は何年に一度開かれるのだろうか。開催する権利を得るためには、どのような条件が必要なのか。堺屋太一はにわかに勉強を始めた。

ヨーロッパではすでに十八世紀後半から、国際博覧会が開かれるようになっていた。産業が発達した先進国では、最先端の科学技術を誇示したり、他国の追随を許さない独自の工芸品を宣伝するために、頻繁に博覧会が開かれていた。

ヨーロッパには先進国がひしめいているから、国際博覧会が開催されれば各国が競争で参加し、また自国での開催を計画するようになる。とくに十九世紀に入ってからは、規模も大きくなり、毎年、どこかの国で博覧会が開催されるというような状態であった。

とくに一八五一年にロンドンで開かれた博覧会では、中心施設として、クリスタル・パレス（水晶宮）と呼ばれる巨大なガラス張りの殿堂が建設されて評判になった。入場者も六百万人を超えたと言われる。これ以後、大規模な国際博覧会では、中心施設としてモニュメントとなるような建築物が造られることが流行となったので、このロンドンの万博を第一回とすることもある。

ロンドンの成功に刺激されて、アメリカやフランスでも度々、国際博覧会が開催された。フランス革命百周年を記念して開かれた一八八九年パリ万博のモニュメントとして建設されたエッフェル塔はパリ随一の名所となった。

しかしこの当時の博覧会は、規模に大小があり、また博覧会を開くための国際基準のようなものは存在しなかった。

国際博覧会条約が結ばれたのは一九一二年のことだ。これ以後、オリンピックと同様に、国際会議で開催地を選定して、正式に認定された万国博覧会を開くことになったのだが、この協定は第一次世界大戦の勃発で無効になった。その後、一九二八年に、再び同様の趣旨の国際博覧会条約が結ばれた。オリンピックは民間団体の条約で都市が主催するのに比べ、万博は国家間条約に基づき、国が責任を持って開催する。それだけハードルは高いのだ。

この条約では、博覧会の目的を「人類の文化と産業の成果を競うもの」と定め、さまざまな文化や産業の展示を実施する第一種（大阪万博、モントリオール万博など）と、特定の分野に限定して開催される第二種（沖縄海洋博、筑波科学博など）とを設定した。

さらに第一種については、開催地域をヨーロッパ、南北アメリカ、その他の三地域に分け、開催国の偏りを防止するために、同一国では十五年に一回、同一地域では六年に一回、異なる地域間では二年の間隔を置くこととされた。第一種はこうした条件の他に、参加国は自国で展示館を建設する義務があるとされた。

第二種の場合は、テーマを選べばいつでも開催できるのだが、展示館は開催国で用意することになる。

建築に興味のある堺屋太一としては、各国がさまざまな展示館を建設する第一種の条件に興味を惹かれたであろうし、いつでも開ける第二種では、東京オリンピックに対抗するイベントとはいえない。大阪の（経済的な意味での）地盤沈下を防ぐための大きなイベントを企画したいと考えていた堺屋太一としては、どうしても第一種の万博を開きたいという思いがあった。

ところで、この第一種の万国博覧会は、オリンピックと違って、第何回と数えるのが難しい。先述のように、条約が締結される前のロンドン万博を第一回とする考え方もある。条約締結後の最初の大きな国際博覧会は一九三三年のシカゴ万博であったが、これは一部の建物を開催国が用意したので正式な第一種とは認められなかった（一九六四年のニューヨーク万博も正式なものかどうか意見が分かれている）。

そこで、現在の公式見解では、国際博覧会条約で正式に認定された第一回の万国博覧会は、一九三五年にベルギーで開催されたブリュッセル万博ということになっている。なお、第二次世界大戦後に初めて開催された万博も、一九五八年のブリュッセル万博である。

実は、すでに戦前、日本での万博開催が計画されていた。一九四〇年に予定されていた東京オリンピックが、日中戦争の激化で返上されたことは広く知られているが、同じ年に、万国博覧会の同時開催が予定されていたことは、意外に知られていない。

そもそも日本が最初に万国博覧会に参加したのは、明治維新と同じ一八六七年のことであった。当時はまだ国家が統一されていなかった。そんな状況で、パリ万博に、幕府、薩摩藩、佐賀藩が、別々に地域の特産物などを出品したのが、日本国と世界との最初の交流だったのだ。

一八七三年のウィーン万博では、日本国が公式に参加している。こうした日本国の参加によって、十九世紀末のヨーロッパ美術界には、ジャポニズムというトレンドが生じた。日本の民芸品や浮世絵などが、ヨーロッパの文化に強烈なインパクトを与えたのだ。

日本が初参加した一八六七年のパリ万博に先立って、江戸幕府は一八六二年のロンドン万博にも使節団を送っている。その随員の中に福沢諭吉がいた。この使節団の人々がヨーロッパの文化に接した時の驚きが、明治維新の文明開化をもたらすきっかけになったと言っても過言ではない。

このように、万国博覧会と日本の関わりは深い。一九四〇年のオリンピックと万博の同時開催という企画も、日本人にとって万博というものが大きな意味をもっていたことのあらわれと見ていいだろう。

一九四〇年といえば、皇紀二六〇〇年という記念の年であった。いまの若い人には何のことかわからないだろうが、戦前の日本は、神武天皇の建国を、ほとんど神話に近い日本書紀などの記述をもとに、西暦でいえば紀元前六六〇年と勝手に決めていたので、まさにその年に、皇紀二六〇〇年という、日本だけの新世紀を迎えていたのである。

この記念すべき年の大イベントとして、オリンピックと万博が、東京で同時に開催されることになっていた。

戦前というと、いまから思えば遠い昔のように思われるのだが、一九六〇年代の人々にとっては、わずか二十年ほど前のことで、その頃を知る人も多数生存しているし、資料も残っていた。

これも運命というべきなのか、堺屋太一はこの幻に終わった東京万博の万国博覧会課長と会って話を聞き、当時の資料を借り受けることができたのである。

きっかけは意外に身近なところにあった。万博の歴史などを学ぶうちに、万博のことで頭がいっぱいになった。職場での雑談でも、思わず、日本で万博が開けないか、といった話題が口をついて出た。

すると直属の上司の課長補佐が、こんなことを言った。

「きみは万博に興味があるのか。それならうちのオヤジを紹介してやるよ。戦前に開催直前まで準備が進んでいた東京万博の責任者だったんだ。資料ももっているはずだよ」

課長補佐がオヤジと呼んでいたのは、妻の父親であった。

豊田雅孝という、当時は参議院議員を務める人物であったが、わずか二十年前のことであるから、豊田氏の記憶も鮮明であったし、資料も残されていた。

幻の東京万博の会場は月島に予定されていた。いまでいえばお台場のような場所であるが、銀座の繁華街からもほど近い築地から、橋を渡るだけで行けるのだから、一等地である。ただし万博が計画された段階では築地から月島に渡る橋がまだなかった。しかも上流に造船所があり、大型の船が航行するので、橋をかけるのは至難であった。

そこで実現したのが、船が航行する時には橋をはねあげる閧橋《かちどきばし》である。結局、万博は幻に終わったが、記念のモニュメントとして計画された閧橋だけは実現したのであった。東京の名所の一つとなった閧橋は、実はパリ万博のエッフェル塔や、のちの大阪万博の太陽の塔のような、万博の記念モニュメントとして設置されたものだったのだ。

この幻の東京万博の担当課長だった人に会ったことで、いよいよ万博というものが、現実のものと感じられるようになった。軽工業中心の小国にすぎなかった戦前の日本が、正式の万博開催を決定していたのだから、すでに工業国として復興を果たし、オリンピック開催も決定している日本が、万博を開催できないはずはないのだ。

とはいえ、ここから先が大変な道程である。この段階では、万博の夢は、まだ池口小太郎という、一人の若手官僚の頭の中にあるだけの夢にすぎない。実際に万博の開催を実現するためには、途方もない資金と、土地と、組織が必要である。これをどうやって実現するのか。

堺屋太一は作戦を練り始めた。つまり頭の中で、万博開催までのシミュレーションをやってみたのだ。まるで小説を書くように、自分の頭の中だけにある夢が、実際に実現するまでの手順を、物語を空想するように考えてみた。

とにかく、万国博覧会とは何か、ということを、責任ある地位に就いている人々に、宣伝しなければならない。

堺屋太一がまず始めたのは、ガリ版の原紙を切ることであった。

ガリ版すなわち謄写版印刷といっても、若い人は見たことも聞いたこともないだろう。パソコンもプリンターもない時代である。コピー機さえもない時代である。本格的な活版印刷にするほどの部数が必要ない簡易な印刷、例えば学校で一クラスぶんのテストやプリントを印刷するといった場合などは、謄写版印刷が用いられた。

謄写版印刷はのちには技術が発達して、ふつうの紙に書いた原稿にフラッシュライトを浴びせて原紙を作成する方法（家庭での簡易な年賀状印刷としていまでも用いられている）が可能になったし、カーボン紙の上からタイプライターで文字を打ち込む方法も開発されたのだが、もっと以前には、パラフィン（蝋《ろう》）を塗った原紙のパラフィンを剥がすために、ヤスリの上に原紙を置いて、鉄筆で文字を書くという方法が用いられた。

紙の表面のパラフィンは鉄筆で剥ぎ取られ、裏面はヤスリで削られる。従って、文字を書いた部分は、表も裏もパラフィンが剥がされるので、その部分だけインクが染みとおっていく。つまり文字の形だけ原紙に孔《あな》があくので、孔版印刷と呼ばれることもあった。

文字を書き込んだ原紙の下に紙を置いて、上からローラーでインクを押しつけると、文字のところにだけインクが染みとおり、文章が印刷ができる。ヤスリの上で鉄筆を動かすとガリガリと音がしたことから、ガリ版印刷とも呼ばれた。

堺屋太一は万博に関する説明資料を作成するために、自分でガリ版を切ることにした。タイプを打つのは大変だが、鉄筆で文字を書くだけなら、根気さえあれば誰でも印刷ができる。それが謄写版のメリットであった。こうして自分で作成した資料を見せながら、まずは役所の同僚などに、万博の説明を始めた。

同僚の中には、興味を示す者もいた。しかし、局長とか審議官とかいった、責任のある部署に就いている人物はそうはいかない。何しろ当面の仕事とは何の関係もない夢のような話である。役所はそれほどヒマではない。誰もが当面の仕事で手いっぱいだから、本来の業務とは関係ないプランを提出しようものなら、余計なことをするなと一喝されるだけで、ろくに話も聞いてくれない。

それではいけない、と作戦を変更した。よく考えてみれば、局長を説得したところで、その下にいる人たちが納得していなければ、わけのわからないことを上司から命令されたと不快に思うだけで、誰も協力してくれない。むしろ末端の人々の間に情報が拡がっていって、下から突き上げるような形で情報が局長まで届いた方が、結果としては大きな流れを作ることができるのではないか。

この時、頭の中にひらめいたのが、ベートさんがよく口にしていた諺だった。ベートさんは日本語がぺらぺらなのはもちろんだが、日本という国の歴史や文化を研究していたので、諺もたくさん知っていた。

その中に、「将を射んと欲すればまず馬を射よ」というのがある。ベートさんによれば、この諺にはまだ続きがあるのだという。「馬を射んと欲すればまず馬の糞を探せ」というのだ。これはベートさんの創作かもしれない。とにかく、目標を達成するためには、組織の末端から攻めていくべきだというのが、ベートさんの教えであった。

現代において、馬にあたるのは車である。高級官僚は公用車で移動することが多い。車というものは糞をするわけではないが、整備などが必要だ。これを担当するのは公用車の運転手さんである。運転手さんはただ車を整備し、運転するだけではない。車という箱の中で、高級官僚と長い時間、二人きりでいる。雑談などをすることもあるだろう。

官庁には公用車の運転手さんが待機する場所があった。堺屋太一はその運転手さんのたまり場に出向いた。最初はうさんくさいやつだと警戒されたが、待機中の運転手はヒマだから、耳を傾けてくれる者もいる。そこでガリ版刷りの資料を渡し、一気に説明をした。充分に理解してもらうと、今度はその運転手が、他の運転手に宣伝してくれる。

運転手の間に、万博というのは面白い、という認識が広まった。とくに宣伝をしてくれと頼むわけではない。公用車に乗っている間は、他にすることもないので、運転手も官僚も、雑談をしてひまをつぶす。運転手が面白いと思ってくれていれば、自然と万博の話題になる。運転手に熱意があれば、聞き手も関心をもつ。やがて万博という概念が波紋のように省内に拡がっていった。

頃合いを見計らって、局長のところに出向いた。万博の話を始めようとすると、局長は怒っている。

「きみは、ずいぶん勝手なことをやっているようだな」

厳しく叱責された。

「自分の仕事に集中できないのなら、辞表を書くことだな」

それ以後、堺屋太一は何度も上司から、辞表を書けと迫られることになる。

実際に退官するのは一九七八年。十数年後のことである。十数年にわたって頑張り通したということだが、実際は、それほど大変なことでもなかった。

辞表を書けと言われても、書くことはないのである。自分の職務を果たしていれば、簡単にクビを切られるものではない。恐れることはないのだ。犯罪に等しいようなことをしない限りは、懲戒免職になることはない。

ただし、他人にあれこれ言われないように、自分の仕事はちゃんとやらないといけない。自分の責任を果たしてから、新たな提案をする。やるべきことをやっていれば、辞表などを書く必要はないのだ。

のちに堺屋太一の小説がベストセラーになってから、週刊誌の記者などが取材に出向いても、なかなか本人がつかまらないということがあった。そのため、堺屋太一は夕方頃に出勤するという伝説が生まれた。

その頃は、サンシャイン計画というプロジェクトの責任者になっていて、職務も多忙であったし、通産省の全体の組織の中では、やや脇に寄った部署でもあったので、時間が自由にできた。実際に、昼間はさまざまな用件で飛び回ることが多く、役所の自分の席にいるヒマがなかった。

夕方、ようやく役所に戻り、徹夜で仕事をしてから、自宅で仮眠をとるといった生活をしていた。

結果として、午後の遅くになってからでないと、職場に姿を見せないということになったが、その当時でも、役所の仕事をおろそかにしたことはなかった。

工業用水課にいたこの時期は、出張に出ている時を除いては、遅刻などしたことがなかった。本当を言えば、朝はあまり強い方ではない。しかし辞表を書けとプレッシャーをかけられていたこの時期は、何としても通産省にとどまって、万博を実現しなければならないというモチベーションがあったから、周囲の批判を許さないように、無遅刻無欠勤で働き続けた。

第五章　400万円の投資が70年万博を生んだ

東京オリンピックが迫っていた。東京の整備は急ピッチで進んでいた。会場や選手村だけでなく、首都高速道路など道路の整備、地下鉄の新路線、都心と羽田空港を結ぶ東京モノレール、そしてホテルの建設などが、具体的な形をもって見えるようになってきた。新幹線は東京と大阪を結んでいるが、それ以外の面では、東京は急速に近代的な都市となり、大阪との差は開く一方であった。

こうした状況に対して、大阪の経済界や大阪府、大阪市の要人たちも、危機感を抱いていた。地盤沈下の対策で大阪に出向くことの多い堺屋太一は、折りに触れて、万博の構想を話すようになった。

大阪商工会議所の専務理事に里井《さとい》達三良《たつさぶろう》という人がいた。のちには関西国際空港ビルディング社長や、大阪商工会議所の副会頭を務めた人物で、エッセー集なども出す才人であった。この人に万博の構想を話し、大阪の経済的な地盤沈下を防ぐにはこれしかないと説明すると、深い理解が得られた。

この専務理事は、ただちに当時の商工会議所の会頭に話を伝えてくれた。会頭は小田原大造という人で、久保田鉄工所の社長であった。

もともと大阪は産業の振興に熱心な土地柄である。堺屋太一が高校時代に見た大阪国際見本市も、当時としては、日本で最初の大規模な見本市であった。オリンピックで東京に差をつけられた大阪の財界にとって、万博はまたとない目標であった。もっともこの時期の財界人には、万博というものの具体的なイメージはなかっただろう。国際見本市の大規模なものという程度の認識しかなかったかと思われる。

しかし関西の財界人には、大阪の経済的な地盤沈下を何とかしなければならないという、強い危機感があった。会頭と専務理事は、堺屋太一と同じ夢を共有することになる。まず地元から話を盛り上げなければならないという堺屋太一の提案で、大田原と里井は、大阪市長に働きかけた。

当時の大阪市長は中馬馨《ちゅうまかおる》。現在の衆議院議員、中馬弘毅の父で、就任したのは一九六三年だから、当時は就任直後だった。だがそのまま大阪万博のあとの七一年まで大阪市長を務め、大阪の顔といってもいい存在になった傑出した人物であった。中馬は万博の意義を即座に理解して賛同してくれた。

次は大阪府知事である。当時の知事、佐藤義詮《ぎせん》は一九五九年から知事を務め、こちらも七一年までという長期政権を築いた。この知事の理解を得なければ、何事も進まないのである。だが、ここで暗礁に乗り上げた。知事は大反対であった。

当時の大阪府は臨海コンビナートの建設を最優先とする方針であった。大阪の工業は東京オリンピックの女子バレーで金メダルをとった日紡貝塚に代表されるような繊維産業が中心だった。いわゆる軽工業である。あとは松下電器などの家電とその下請け町工場が東大阪地区にあるだけで、重化学工業のインフラ整備が遅れていた。

そこで南港から泉南地域にかけて、大規模な埋め立てによって工業地域を築き、製鉄や石油化学の大コンビナートを建設することにしていた。そのために資金はいくらあっても足らないという状況であったから、万博のようなお祭りに資金を投入することはできないと、ろくに話も聞いてもらえなかった。

府知事の賛同が得られないとなると、地元から政府に働きかけることもできない。万博を実現するとなれば、もちろん国家が予算を出すことになるが、地元も応分の負担をしなければならないし、土地も用意しなければならない。大阪府知事と大阪市長、それに地元の財界と、三本の矢が一つにまとまらなければ、政府を動かすことはできないのだ。

もう一つ、大きな問題があった。知事はともかくとして、地元財界が新たな産業振興策を提案する窓口として、府には企業局という部署があった。ここの局長は、通産省から出向している人で、堺屋太一にとっては先輩といえる人であったが、この人物も知事と同様、重化学工業の推進派であった。

実のところ、通産省そのものが、重化学工業のインフラ整備という、時代遅れのビジョンに凝り固まっていた。当時の通産省には、重工業派と国際派という二つの流れがあったのだが、ひたすらコンビナートを築き続けるという重工業派が圧倒的な主流派であった。

入省直後に白書で水平分業論を展開した堺屋太一は、その時点では自分の考えを率直にまとめただけであったのだが、結果としては、国際派の流れに加わっていたことになる。

改めて考えてみると、水平分業論というのは、画期的な見解である。従来のような植民地支配を続けていれば、国際紛争が絶えない。先進国だけでなく発展途上国までが、それぞれに得意分野をもって分業していくことで、経済摩擦を緩和することができれば、それが国際社会の安定をもたらすことになる。

得意分野による分業という、新たな時代が到来しようとしているのに、重工業に偏重したインフラ整備を続けるというのは、まさに時代遅れの発想であった。すべての国が重化学工業のインフラ整備の競争を続けたのでは、軍備増強の競争の末に大戦に突入した戦前の国際関係と同様に、ひたすら経済戦争を展開して優勝劣敗、弱肉強食の殺伐とした国際社会が生じることになってしまう。要するに、軍隊による戦争の代わりに、経済戦争によって覇を競うことになってしまい、安定した国際社会は実現しないことになる。

とはいえ、国際的な視野をもった人物は、当時の通産省の中では少数派であった。堺屋太一も通産省では動きがとれず、地元大阪の財界に期待をかけるしかなかったのだが、大阪府の窓口に、通産省出身の重工業派がいたのでは、どうしようもない。

堺屋太一の夢も、ここで頓挫したかに見えた。

しかし、結果としては、この困難な状況を突破して、万博の夢は、実現に向けて動きだすことになった。

その分岐点に立っていたのは、やはり大阪府知事である。大阪府知事の決断が、事態を百八十度転換することになる。のちに述べることになるが、大阪商工会議所の努力によって、国の方に動きがあった。それで府としても動かざるを得ないという状況が生じた。府知事にとっては、あるいは不本意な決断であったかもしれない。それでも、最後まで反対していた佐藤義詮が万博推進派に回ることで、大阪府、大阪市、関西の財界が、一丸となって万博開催に向けて動きだすことになった。

そして、皮肉なことだが、佐藤義詮こそが、大阪万博の生みの親だと言われることになるのである。

反対派の旗頭が、生みの親だと言われるのも奇妙な話だが、現実には、そういうことがしばしば起こる。最初に夢を抱いた堺屋太一は、いわば確信犯である。失うものは何もないから、夢に向かってひたすら前進するだけだ。地元財界としても、大阪の復興のためには、大きなイベントが必要だと考えていた。

府知事は違う。湾岸工業地帯を建設し、インフラの整備を実現することが、大阪の将来のためになると信じていたのである。お祭りに割く費用があるなら、コンビナートの整備に資金を投入すべきだと考えていた。そういう人物が、大阪市長や財界との話し合いによって、万博の誘致にゴーサインを出す。おそらくその時点になっても、府知事はまだ半信半疑といった気分であったと思われる。

自分でも確信のもてないままに、決断を迫られる。これは大変なプレッシャーだ。インフラ整備に資金を投入すれば、確実に見返りが期待できるのに対し、イベントへの投資は、一種のギャンブルである。失敗すれば、自分の知事としての業績が一瞬にして瓦解することになる。だからこそ、その方針の転換には、大きな決断が必要だったのである。

最も勇気の必要な決断をしたのだから、まさに知事の決断が、大阪万博を実現したと言っていいのかもしれない。

府知事だけでなく、自分が大阪万博を実現させたと主張する人は何人もいた。実際に、府知事、大阪市長、財界人の、一人でも反対を続けていれば、万博は実現しなかっただろう。その意味では、誰もが、結果としては大成功となった大阪万博の功労者ということになる。

万博の計画がまとまり、国の予算もつき、国際博覧会協会の承認も得られて、開催寸前にまでこぎつけた段階で、さまざまな人々が、自分こそは万博実現の最大の功労者だと名乗りを上げることになった。そうした自画自賛の声のかげで、堺屋太一は黒子であることに徹していた。一介の役人であるから、目立ってはいけないと自重していたのだが、そこには次のような教訓があった。

工業用水課にいた時のことだ。中部地方の農業用水の開通式に招かれた。そこには県知事はじめ、地元財界人など、用水の実現に貢献した人々が揃っていた。式の直前になって、会場の入口あたりで騒ぎが起こった。無理に入場しようとして断られた人がいるらしい。関係者が、あいつだけは入れてはいけないとささやきあっているのが、たまたま耳に入ったので、どういう人ですかと尋ねた。

すると、この用水の必要性を戦前から提唱し、私費を投じて調査を進めた地元の地主なのだという。一人の力では何もできず、結局その一族は破産して、調査も中断されたのだが、のちに多くの人々が協力して、ついには国や県を動かし、用水の完成にこぎつけたのであった。

だとすれば用水の生みの親であり、英雄ではないか。ところが関係者はその人物を、開通式から締め出そうとしているのだ。さらに話を聞いてみると、用水の完成までには、多くの人々が協力し、国や県の担当者も努力してきたのに、その人物は、この用水は自分が造ったと主張し、手柄を独り占めにしようとするので、誰も相手にしなくなったというのだ。

ああいう人物を招くと式がぶちこわしになるので、招待しなかったところ、無理に入ろうとするので騒ぎになっているということであった。結局、その英雄は、式典に参加することができなかった。

万博という夢の実現に向けて、少しずつ協力者が増えていく過程で、堺屋太一はしばしばこの用水開通式のことを想い出した。

そこで一つの決意をした。

もしもこの万博が実現したとしても、十年間は、自分がやったといったことはけっして口にしないことにしよう。一人の役人として、黒子に徹することを、堺屋太一は心の中で誓ったのである。

さて、話を少し前に戻そう。大阪府知事の決断が出る前の状況である。府知事の反対で、府の協力が得られないということになれば、そこから先へは一歩も進めないということになる。

それでも財界の小田原会頭と里井専務理事は、粘り強く運動を続けることを約束してくれた。とりあえず、大阪商工会議所の中に研究会を作り、理事の説得にあたることになった。理事会の承認を得れば、商工会議所としての予算を計上することができる。だが、そのためには、さらに具体的な資料が必要であった。

堺屋太一が自分でガリ版を切って作った資料ではとても追いつかない。もっと本格的で詳細な資料が必要である。英文の資料にあたって、どうにか材料を集めたものの、その英文を翻訳する必要があった。堺屋太一には工業用水課の仕事があるから、自分で翻訳しているひまはない。結局、翻訳のために人を雇い、印刷も印刷屋に頼むことになった。

新たな資料を作るのに、四〇〇万円かかった。工業用水とは何の関係もない仕事であるから、通産省が金を出すわけもない。商工会議所の予算をとるための資料だから、この段階では商工会議所からも金は出ない。すべては堺屋太一の自腹であった。

当時の堺屋太一の月給は四万円ほどであった。つまり月給十年ぶんの資金を、自分で提供したのである。堺屋太一はすでに地下水汲み上げの禁止を徹底するために、もしも地盤沈下が止まらなければ自分が水道代を払うという証文を書いている。これは資産家の父が保証人になってくれたのだが、地盤沈下は見事に止まったので、父に金銭的な負担をかけることはなかった。

今回の四〇〇万円は、すべて堺屋太一の個人負担だった。銀行からの借金である。幸いなことに、ベートさんのアドバイスで買った自宅の土地が、東京オリンピックがもたらした地価の高騰で、驚くほどの担保価値をもっていた。それにしても、一介のサラリーマンが、生まれ故郷の大阪のため、さらには日本国の将来のために、年収の十倍の金額を自腹で負担するというのは、常軌を逸した行為である。

堺屋太一は平然としている。目標の実現のために、最善を尽くす。もし失敗したら投資が無駄になるといったことは考えない。四百年の伝統をもつ商家に生まれたDNAのなせるわざか。

この四〇〇万円の投資の効果は、確かにあった。大阪商工会議所で、四〇二万円の予算がついたのである。四〇〇万円の投資で、四〇二万円の予算では、まことに効率が悪い。しかしこの四〇二万円は、大阪商工会議所の予算であるから、公に胸を張って使える貴重な資金である。

この予算が出たのが、東京オリンピックの年、一九六四年の春である。すでに予算案を立てた段階で、商工会議所は関西を地盤とする与党議員に陳情を始めていた。国会議員の間にも、大阪万博という壮大なビジョンが拡がっていった。

このことが、絶大な援軍をもたらすことになる。

首相になったばかりの佐藤栄作である。

佐藤栄作はその後、七年八ヶ月に及ぶ長期政権を実現して、日本の高度経済成長の仕上げをした偉大な首相であり、東西冷戦の中で非核三原則を貫きノーベル平和賞を受賞することになった。田中角栄、福田赳夫など、のちの歴代の首相を育てた人物でもあった。

もっとも、高度経済成長の本当の立役者は、その前の首相、池田勇人と見るべきだろう。六〇年安保闘争の騒ぎのあと、退陣を余儀なくされた岸信介首相のあとを受けて首相となった池田勇人は、すでに吉田茂内閣の時代に大蔵大臣を務め、日本の高度経済成長の礎を築いた人物であった。大蔵大臣を務めていた当時の名言として歴史に残っている「貧乏人は麦を食え」というセリフも、インフラ整備が終わるまでは、石にかじりついても我慢をしてほしいという、先見の明のあらわれだった。

池田勇人が首相になった頃には、インフラ整備もほぼ整い、家電メーカーが三種の神器と呼ばれたテレビ、電気冷蔵庫、電気洗濯機などの大量生産を実現していた。そこで池田勇人は、「所得倍増論」を提唱して国民に夢を与え、同時に、東京オリンピックという、わかりやすいイベントで、日本がすでに先進諸国の仲間入りを果たしていることを、国民の前に証明してみせたのだ。

ひたすらインフラ整備を続けるというのは、いわば社会主義国の発想である。国家権力の維持と、軍備の増強のために、重工業をもとにした軍事産業のみを重視し、国民の生活物資の生産を怠った社会主義国は、やがて崩壊していくことになる。敗戦からの復興という流れの中では、戦後の日本も、社会主義国と同様の、国家主導型の経済成長を実施していた。しかしそのままでは、闇黒の社会主義国になってしまう。

インフラ整備の段階では、国民は節約と努力を強いられることになる。節約しつつ努力を続けるというのは、どこかファシズム的な熱狂がないと長く続くものではない。日本は民主主義国家である。国民がそれぞれにモチベーションをもって、さらなる努力を続けるためには、節約を強いるのではなく、おいしい果実を目の前に見せる必要があった。

どこかで、舵を切る必要があった。インフラ整備に区切りをつけて、国民の消費財の生産にも重点を置くという、新しい局面が展開された。それが「所得倍増論」だった。これは見事に成功して、国民所得は倍増し、家庭には家電製品が満たされることになった。新たな三種の神器と呼ばれた、自家用車、エアコン（当時は冷房機能に特化していたのでクーラーと呼ばれた）、カラーテレビも、徐々に普及していた。

そこに東京オリンピックである。首都高速の整備で自家用車がますます便利なものになり、エアコンで暑い夏を凌ぎ、カラーテレビで東京オリンピックを見る。まだ一般庶民には手の届かない、一部の人々の贅沢ではあったのだが、生活必需品ともいえる家電製品は普及していたから、池田勇人は歴史に名を残す名宰相と評価されていた。

残念ながら、池田勇人は喉頭癌に冒され、東京オリンピックの直後に退陣しなければならなかった。そのあとを受けたのが、佐藤栄作である。

佐藤栄作は、六〇年安保当時の岸信介首相（のちの安倍晋三首相の母方の祖父）の弟であった。岸信介が結んだ安保条約によって、日本は軍事予算を削減することができ、インフラ整備をさらに続けることができる。これに池田内閣が舵を切った消費財の生産を合わせると、のちの自動車産業や電子機器産業の発展につながるバラ色の未来が、佐藤栄作の目には見えていたはずであった。

堺屋太一は万国博を提唱した直後の一九六五年はじめ、通産省の先輩で当時産業機械課だった林義郎（のち衆議院＝大蔵大臣）に連れられて世田谷区代沢の佐藤栄作総理（就任間もない頃）の私邸を訪れ、夕食を共にした。

林義郎氏は、山口県下関の名門。朝日新聞の「新人国記」によれば衆議院議員を務めたこともある林氏の父親は婿養子だが、その前に林氏の母親は佐藤栄作氏と見合いしたこともあるという。それほどの親しい仲だったということだ。

堺屋太一は最初に佐藤栄作に会った時のことを今でも鮮明に記憶している。代沢の家を訪問すると、佐藤総理は寛子夫人に頭があがらないという様子だった。夫人が「あんた運が良かっただけなんだよね、首相になれて」と言うと、佐藤総理は「こんなこと言われても俺は偽者じゃない、本物の総理だよ」とそんな会話をした。それ以来、ずっと佐藤栄作は堺屋太一を大事にした。のちに堺屋太一が結婚する時も佐藤栄作に仲人を頼んだ程だが、結婚式の前に亡くなってしまった。それでご子息の佐藤龍太郎に仲人をやってもらったという経緯がある。

とくに堺屋太一は佐藤寛子夫人に気に入られ、しばしば会合を持った。万国博準備室に佐藤総理や寛子夫人から直接電話があり、同僚を驚かしたこともある。その中でおかしいエピソードといえば、女性週刊誌（多分、『週刊女性』か『女性自身』）に寛子夫人が「推薦の独身男性」というような記事に小泉純一郎と堺屋太一（池口小太郎）を出した。それは一九七一年頃のことで、当時は通産省の企画室にいた堺屋太一のところに大量のラブレターが送られることになった。

佐藤栄作は最初から、長期政権を目指していた。しかしそこには、ビジョンが必要である。池田勇人には東京オリンピックという大きなビジョンがあり、その実現によって、首相としての実績がより具体的に、国民に評価されることとなった。佐藤栄作は、自分の長期政権の時代に、大きなイベントを実現したいと考えていた。そこに、万博という構想が提出されたのである。

首相が乗り気になった。追い風が吹いてきたのである。

ただしこの段階では、まだ国家の予算はついていない。大阪商工会議所の四〇二万円だけが頼りである。

万博実現への道程の第一歩は、開催の承認を得ることだ。万博の開催に関しては、国際博覧会条約というものがあって、加盟国は当時、三十八ヵ国。これらの国が結成する事務局の承認を得る必要があった。オリンピック委員会というのは、私設の組織だが、万博に関しては国と国との条約であるから、こちらの方がハードルが高い。

とはいえ四年に一度と決まっているオリンピックと違い、万博の場合は、何年に一度というルールがあったわけではない。ただ正式な第一種の博覧会には、次のようなルールが制定されていた。開催地をヨーロッパ、南北アメリカ、その他の三地域に分け、同一国内では十五年に一回、同一地域間では六年に一回、異なる地域間では二年の間隔を置いて開催することができる。また招かれた国々は、自国の展示館をつくる義務がある。

ルールはこれだけだった。しかし一種の不文律で、第一種の万博は、ほぼ九年に一度のペースで開催されていた。戦後の開催は、ブリュッセル（ベルギー）万博が一九五八年、モントリオール（カナダ）万博が一九六七年。これも九年に一度というペースを守っていた。

ただ第二次世界大戦からブリュッセルまでは長いブランクがあったし、世界経済の拡大や科学技術の進歩のスピードが速まっていることから、もう少し間隔を詰めてもいいのではという声もあがっていた。九年ごとというのは慣例であって、正式なルール上は、カナダが所属する南北アメリカのグループでなければ、二年の間隔を置けばいいとされている。従って、日本での開催は充分に可能性があった。

ただし、強力なライバルがいた。オーストラリアである。

オーストラリアは戦後の一九五六年にメルボルンでオリンピックを開催した。その次は万博だという点では、日本と同じ状況であるし、ヨーロッパでも南北アメリカでもない「その他」の地域に分類されるという点でも、同じ条件であった。

しかしオーストラリアには弱点があった。前回がカナダだということだ。カナダ、オーストラリア、ニュージーランドは、イギリスの旧植民地諸国とともに、英連邦という国家の連合体を形成していた。しかもこの三国は、イギリスから移住した人々が大部分を占めるという点で、国としては独立していても、同じ仲間だと見なすことができる。

カナダから間を置かずにオーストラリアで万博を開催するのは、英連邦の同盟国が連続して開催するという印象を与える。むろん国としては独立しているので、ルールに抵触するわけではないが、同一国や同一地域に偏らないようにというルール制定の趣旨からすれば、いささか問題がある。

こういう問題提起を、当のカナダ、ニュージーランド、さらにイギリス本国に話せば、理解が得られるのではないかと思われた。

ただし話をもっていくにしても、予算がない。商工会議所の四〇二万円を有効に使う必要があった。この四〇二万円という金額は、貨幣価値が違うから、国内で使うぶんには、現在の十倍くらいの値打ちがあった。それだけ物価が安かったのだ。ところが海外渡航費となると、一ドル三六〇円の時代だし、航空運賃がいまよりずっと高かったから、結局のところ、いまとほとんど同じくらいの費用が必要であった。

ヨーロッパに人を派遣するとなると、一人につき五〇万円はかかる。四〇二万円の予算では、八人しか派遣できない。

他には一切、予算がなかった。人を派遣して説得するという、わらにもすがるような思いの試みであったが、東京オリンピックの成功が追い風になった。派遣された人々の努力もあって、日本を支持する国が急速に増えていった。

大阪商工会議所のわずか四〇二万円のおかげで、日本における一九七〇年の万博開催が承認されたのである。

第六章　６４００万人の記憶

万博開催の決定は、まさに奇跡であった。

佐藤栄作首相の支持があるとはいえ、外務省の関係者は、最初から実現不可能だと主張していた。予算もなければ準備も不足している。その状態で、諸外国の支持が得られるとは、ふつうなら考えられないところである。

だが、堺屋太一は、できるかできないかは、やってみないとわからないと考えていた。そして実際に、大逆転で万博開催の承認が得られた。

そうなると、日本国としても、オリンピックに続いて、世界の人々に評価される充実した博覧会を開かざるをえない。もはや万博は現実のものとして、実現に向けて動き始めたのである。

東京オリンピックの翌年の一九六五年、堺屋太一は通商局通商政策課審査主任補佐に転じると同時に、併任で、企業局企業第一課国際博覧会調査室室員という肩書きを与えられた。通産省内に「国際博覧会調査室」という部署が設けられたのである。

この肩書きは翌年には、国際博覧会準備室統括係長に格上げされたが、本務の通商政策課審査主任補佐というのはそのままだから、出世したわけではない。やっている業務も同じで、最初から、堺屋太一は万博の準備を仕切る実質的な総責任者であった。

七〇年の万博開催が正式に決まったことで、準備のための予算が得られることになった。まずは予算を申請しないといけない。どれほどの準備が必要で、どれほどの予算を要求すればいいのか、誰にもわからない。ただ一人で万博の研究を続けてきた堺屋太一だけが、自分の頭の中に、さまざまなビジョンを描いていた。だから予算の申請も、堺屋太一がただ一人で試みることになった。

その予算申請を審査する大蔵省の担当者も、大変に困惑したことだろう。何しろまったく前例のない事態である。

大蔵省の担当者は、辣腕で知られた主計局次長であった。七〇年の開催まで、総額でいくらくらいの予算が必要か、明細を出せと命じられた。

日本開催の申請は出したけれども、実際にどこで開催されるのかも決まっていない段階である。とはいえ、開催に到った経緯を見れば、大阪商工会議所が四〇二万円の費用を出したというのは、動かしがたい実績であった。しかしまだ用地の買収はおろか、候補地さえ決まっていなかった。

費用がいくらかかるかは、雲をつかむような話である。しかし万博に関する知識では、堺屋太一ほど詳しい人物はいない。しかも堺屋太一は、建築家志望であったから、建築に関しても、文科系の役人にはない知識があった。

概算の数字を出すと、その主計局次長がくいさがってきた。例えば、実際に開催する七〇年の人件費について、職員が二八〇人ほど必要で、その月給から割り出した数字を答えると、職務の内訳をすべて書けという。大阪への出張旅費についても、一つ一つの用務を書けという。事務用品の用途についても、事細かに記入しないといけない。

徹夜につぐ徹夜で、微細な計画書を作成した。こんなことを続けていると、計画書を書いているうちに、七〇年が終わってしまいそうであった。

しかし、事務費に関するチェックが終わると、それですべての計画は承認されることになった。建設費に関しては、担当者も細かい知識がなかったので、自分の得意な事務費に関してだけ厳しくチェックして、それで自分の役目は果たせたということなのだ。これが役人の仕事である。

とにかく、予算も確保できた。

一九六五年に国際博覧会条約で正式決定されたのは、七〇年に日本の都市で第一種の万国博覧会を開催するということであった。大阪で開くというのは、まだ正式に決まったわけではなかった。千葉県が現在のディズニーランドのあたりを候補地として提案してきた。神戸の埋め立て地という案もあり、琵琶湖の周囲という意見もあった。だが、すでに一部の費用を負担している大阪商工会議所の優位は揺るがない。この時点では、大阪府知事も万博開催を決意していたから、府知事、市長が、はやばやと大阪万博開催を宣言した。地元は応分の負担をしなければならないから、府知事や市長にとっては大きな決断であった。

堺屋太一の算出した総予算は四九二億円。約五〇〇億円である。半分を国、四分の一を大阪府と大阪市、残りの四分の一は競馬、競輪などの特定事業で賄う。さらに土地の確保も大阪府の担当であった。

大阪府はコンビナート建設のために、大阪湾の埋め立てに着手していたから、南港に府有地があった。これを用いれば話は簡単である。

しかし堺屋太一は、この府有地は、他の候補地の買収が進まなかった時の、最後の切り札として残しておくことにした。民間の活力を利用することで、官民が一体となった流れを作らないと、万博が盛り上がらないと考えたからだ。

最終的に開催地と決まった千里丘陵の他に、のちに花博が開かれる鶴見緑地など、いくつかの候補地があった。しかし堺屋太一は最初から、千里に狙いをつけていた。

この地域にはすでに名神高速道と新幹線が通っていた。その時の買収がうまくいったという実績があった。当時は山田村と呼ばれていたこの丘陵地は、大阪の都心からの距離は近いのだが、交通手段がなく、水利がなく耕作にも適さない丘陵地であり、土地所有者の土地に対する執着が少ない。開催までの期間が迫っているので、売り渋りで地価が高騰する懸念もあったが、南港という切り札を用意しているので、土地が値上がりするようなら買わなければいいというスタンスで臨むことができる。買収は着々と進んでいった。

個人所有の農地や山林だけでなく、予定地の西の方には阪急千里線が通っていたので、阪急や殖産住宅が、住宅地開発のために確保していた土地があった。こうした民間企業も買収に協力してくれた。万博は恒久施設ではないので、跡地を住宅地として利用できる。民間企業にも大きなメリットがあった。この点でも、千里を最終候補地としたことで、官民一体の体制が実現することになった。

会場の中央には地下鉄御堂筋線に乗り入れる新たな鉄道が通ることになった。大半の土地を取得した大阪府としても、跡地を売却できるから損はしない。大阪に至近距離の丘陵地が利用されずに残っていたということが幸運であった。鉄道さえ敷設すれば、跡地は充分に利用できるのである。

会場の建設費にしても、有料入場者が目標に達すれば、相当の収入を確保することができる。府知事と市長の決断で、大阪府と大阪市は多額の投資をすることになったが、有料入場者が来てくれれば、赤字は出ないはずなのだ。

問題は人が来てくれるかどうかだった。

だがその前に、もう一つの問題があった。観客を動員するためには、博覧会そのものの中味が充実していなければならない。その中味を構成するのは、参加各国のパビリオンである。

国際博覧会事務局が承認する第一種の万博は、参加する各国が自分たちでパビリオンを建設することになる。各国が個性を競いながら建設したユニークな建物がズラリと並ぶところが、万博の最大の見どころである。

子供の頃から建築デザインに興味をもっていた堺屋太一としては、まさに夢のような催しになるはずであったが、そのためには、各国に参加を呼びかけなければならない。

一九六七年、カナダのモントリオールで万博が開催された。すでに七〇年大阪万博の準備はスタートしている。開催の一年前に、堺屋太一は現地に視察に行った。工事は大幅に遅れていた。会場へ赴く橋の建設が遅れ、開催そのものが危ぶまれていた。

ところが冬期の突貫工事で、ぎりぎりで工事は間に合った。そのためには、厳寒の水中で作業にあたる人々がいた。死者も出た。そういう点では、欧米の人々は勇敢であり、また命がけで工事にあたった作業員を、英雄として讃える風潮があった。

博覧会の事務総長と建設部長が過労で倒れたという噂も伝わってきた。ふつうなら、明日はわが身かと不安になるところだが、堺屋太一には、不安はなかった。自分の好きなことをやっているのだから、それだけで充実感がある。何かの犠牲になっているわけではないのだ。

堺屋太一は小学校三年生の時に終戦を迎えた。十歳くらい年上の若者たちが、特攻隊などで死んでいった。人が何かに命を献げるということは、当たり前だと思っている。右翼少年ではなかったし、大学生の時に、当時のトレンドであった左翼の学生運動にも巻き込まれることはなかった。しかし、自分がやりたいと思って始めたことに命をかけることには、何の不安もない。

堺屋太一にとって幸いだったのは、万国博覧会という大事業が、日本国にとって前例のない試みだったことだ。前例がないから、新しい試みに挑戦できたのだ。

役所というものは、通常は、慣例、前例によって動いていく。前例のないような冒険は極力避け、問題が起こっても責任を追及されないように、ひたすら前例を踏襲しようとする。建築に関しても、大手ゼネコンと実績のある建築家に任せておけば大丈夫だと考える。だから役所が造った建築は、建築界の長老による保守的なデザインになりがちだ。しかし万博のデザインが保守的なものになっては面白くない。

七〇年の大阪万博では、高齢ではあっても過激なデザインで知られた丹下健三（会場のマスタープラン）、岡本太郎（太陽の塔）などの他、当時三十歳代であった磯崎新（お祭り広場）や黒川紀章（空中テーマ館）などの若手デザイナーが起用された。建築だけでなく、係員のユニフォームのデザインにも若手が起用された。生活産業館などのユニフォームを担当したコシノジュンコは、起用が決まった時はまだ二十歳代であった。

万博は主催者が敷地を用意し、お祭り広場や各種のアトラクション、敷地内移動設備、いくつかのテーマ館を用意するが、国際博覧会であるから、外国の参加が必要である。先進主要国の参加は早い段階で決まったが、アジアやアフリカの発展途上国がユニークな建物や展示品を見せてくれなければ、万博は盛り上がらない。

そのため堺屋太一は、諸外国を歴訪して、参加を呼びかけることになる。ベートさんを訪ねたのもそのような旅の途上であった。

建築から衣装デザイン、諸外国の勧誘まで、すべてを一手に取り仕切っていた堺屋太一だが、この当時の肩書きは、「通商産業省企画局日本万国博覧会管理官付政府出展班長」というものであった。何だかよくわからないが、少なくとも重職ではない。まさに黒子として、縁の下を支える立場であった。

一九六五年の企業局企業第一課国際博覧会調査室室員（通商局通商政策課審査主任補佐と併任）から始まって、六六年には企業局企業第一課万国博覧会準備室、六七年には企業局第一課国際博覧会準備室統括係長（通産局通商政策課審査主任輔佐と併任）と、堺屋太一の肩書きは微妙に変化してきたのだが、やっていることは同じであり、企画から予算の獲得まで総責任者として孤軍奮闘しながら、役職としては、巨大な組織の末端に位置する無名の若手官僚にすぎなかったのだ。

表に出るのは、日本万国博覧会協会会長の石坂泰三と、事務総長の鈴木俊一である。石坂泰三は東芝の社長で、当時は経団連会長を務めていたから、一種の名誉職である。実質的に万博を統括していたのは、のちに首都高速道路公団理事長を経て東京都知事になる鈴木俊一であった。石坂は先頭に立って協会全体を指揮し、鈴木も事務方としては有能な人物であった。だから彼らがトップとして動いていく巨大な組織の中で、堺屋太一の出番は相対的に少なくなっていく。

鈴木俊一は戦前の内務省から地方自治庁（のちの自治省、現在は総務省）の事務次官にまで昇り、岸信介政権の内閣官房副長官、さらに東龍太郎東京都知事のもとで副知事を務めていた。その副知事の時代に東京オリンピック開催の総指揮にあたっていた実績を買われて、副知事退任後に、万国博覧会協会の事務総長に起用されたのだ。

組織のトップは石坂泰三であり、事務方のトップは鈴木俊一であった。

大阪万博は、堺屋太一（本名池口小太郎）という一人の若者の夢であった。最初はただの夢でしかなかったものが、公用車の運転手にガリ版刷りの資料を渡すことから始まって、着々と布石が打たれ、ついにその夢のようなイベントが実現しようとしていた。

しかし、万博の開催が目前に迫るにつれて、大きな組織が動き始めることになる。

万国博覧会という巨大な夢は、すでに堺屋太一の手を離れて、国家的な事業となり、巨大なイベントとして、この国の歴史に刻印されようとしていた。

それに呼応するかのように、開催の前年の一九六九年四月、堺屋太一に人事異動の辞令が出された。

新たな役職は、通商産業省鉱山石炭局鉱政課長補佐（資料班長）というものであった。鉱物資源の調査をするという地味な部署である。今回は併任の職務はない。万博の開幕を翌年に控えた時期に、万博の仕事からはずされたのだ。

農業用水の開通式に招かれなかった地主のことが頭の中をよぎった。

もちろん裏方に徹するというのは、当初から覚悟していたことである。

堺屋太一という人物の特徴の一つに、切り替えの早さというのがある。過去にこだわらず、その場その場でベストを尽くす。幅の広い視野と、何にでも好奇心をもてる柔軟な感性があるのだろう。

鉱山石炭局に配属されれば、石炭や石油やマンガン団塊に興味をもつ。

そしてそのことが、堺屋太一が新たな領域に踏み出していくきっかけをもたらすのである。そのことは次章で述べるとして、万博に関するまとめを記しておきたい。

一九七〇年。大阪万博は華々しく開幕した。

これはオリンピックをしのぐ未曾有の大イベントであった。オリンピックの開催期間はわずか二週間、これに対し、万博は半年間の長丁場である。この期間、会場はつねに満員の盛況であった。オリンピックはテレビで紹介されたが、会場で競技を観戦した人の数は限られていた。これに対し、大阪万博は多くの人々が足を運んだ。当時の人口の半分以上が入場したのである。

とくに人気を集めたのは、巨大なアメリカ館だった。まず何よりも建物がひときわ目を惹いた。後楽園のドーム球場と同じような空気で屋根を支える画期的な構造である。そこには、万博開催の前年の十一月に、アポロ十二号が月で採取した一キログラム弱の石が展示されていた。そのためアメリカ館の前には、数時間待ちの長蛇の列ができることになった。

その他、形も色もさまざまな七十七ヵ国のパビリオンが建ち並んだ。政府や各企業の建物を含めるとパビリオンの数は百十五館。そのうち生活産業館という小さなパビリオンは、堺屋太一自身が設計したものであった。

会場の中央のお祭り広場には、岡本太郎の太陽の塔が建設され、これが大阪万博のモニュメントとなった。高さは七十メートル。この塔の頂上には直径十一メートルの黄金の顔があり、さらに中ほどにも直径十二メートルのやや不気味な顔がある。その不思議なデザインが強い印象を与えた。この塔は大会終了後も撤去されることなく、現在も万博跡地のシンボルになっている。

会場の外周にはモノレールが設置され、レインボーロープウェイという移動手段も用意されたが、要所に置かれた動く歩道に人気があった。とくに中央部分を東西に貫く動く歩道は、高さが五メートル近くあり、これに乗ると会場の全体をゆっくりと眺めることができた。

外国からの入場者のため右側通行であったので、多くの人は右側に立ち止まって会場を眺めた。左側を歩けば立ち止まっている人を追い越していくこともできる。ちなみに関西の人はいまでもエスカレーターで立ち止まる時は右側に立つ。これは世界標準で、左側に立ち止まる東京のスタイルは、世界から見れば少数派である。

太陽の塔の前にあるお祭り広場や、万博ホール、水上ステージなどでは、連日、世界から招かれた有名アーチストの演奏会が開かれた。

サミー・デイビス・ジュニア、セルジオ・メンデス、アンディ・ウィリアムス、ジルベール・ベコー、ダリダ、アマリア・ロドリゲス、ブラザーズ・フォー、マレーネ・ディートリッヒ、ラビ・シャンカール、ジョージ・チャキリスといった顔ぶれを見ても、その華やかさが感じられる。

六四二二万人もの入場者があり、人気パビリオンには長蛇の列ができた。この大成功で高く評価されたのは、首相の佐藤栄作であり、大阪府知事、市長、万博協会会長、事務総長らであった。

だが、実際の主役は、万博のテーマソング『世界の国からこんにちは』を歌った三波春夫と、太陽の塔を造った岡本太郎であり、さらに本当の主役といえるのは、アメリカ館の「月の石」だったかもしれない。ともあれ、大阪万博は歴史に残る大事業として、大成功を収めたのだった。

この歴史的なイベントも、出発点の段階では、のちに堺屋太一と呼ばれることになる池口小太郎という、一人の若手官僚の脳裏にあっただただの夢にすぎなかった。

その夢の実現のために、池口小太郎は自分の十年分の給料にあたる四〇〇万円を投資した。この四〇〇万円は、もちろん戻ってこない。堺屋太一はひたすら黒子に徹して、静かに鉱山石炭局に去っていったのである。

もっとも、池口小太郎は、万博に関する二冊の本を書いている。

一九六八年の『日本の万国博覧会』（東洋経済新報社）と、七〇年の『万国博と未来戦略』（ダイヤモンド社）だ。しかしこれらの著作がベストセラーになって、高収入が得られるということはなかった。

それにしても、まだ課長にもなっていない若手官僚（七〇年の時点で三十五歳）が、すでに四冊の本を出しているというのも、驚くべきことだ。しかもすべて実名である。

黒子に徹すると肝に銘じてはいるものの、自分が信念をもっていることは臆さずに堂々と公表する。

その点では、目立つことも恐れない。

これが堺屋太一の個性である。

堺屋太一は、通産省の一役人にすぎない。日本万国博覧会協会の中では堺屋太一は黒子に徹していた。その後、開幕の前に鉱山石炭局に移ることになったのだが、それで万博との縁が切れたわけではなかった。

堺屋太一は開会式で、特別席に招待された。生活産業館のオーナーだったというのが理由だった。一人の国家公務員が万博パビリオンのオーナーになるとは想像し難いのだが、それが事実なのだ。大阪万博は中小企業が出る幕がないため、中小企業の出る幕をつくれということで設けられたパビリオンが生活産業館なのだが、オーナーになってくれる人物を募ったが、誰も手を挙げない。だから自分がやると手を挙げ、財団法人生活産業館出展協会をつくり、堺屋太一が実質的な代表となった。会長には菅野和太郎が就いた。通産大臣と経済企画庁長官を努めた人物だ。事務局長には大阪市の経済局長の山岸と、京都市の助役の安井という人物がついた。スポンサーは一口二千二百万円で伊藤ハム、イトーキ、メルボ紳士服、リンナイ、田中貴金属、フェザー剃刀、灘酒造連合会など二十四社が集まった。

そんな仕事も引き受けたため、異動になる時に堺屋太一は自ら通産大臣の菅野和太郎に進言した。自分はこういう仕事をしているので、鉱山石炭局に異動しても大阪万博に携わらなくてはならないが構わないかと。お墨付きを得ての異動だった。そのため会期中は天下御免で大阪―東京を往復していた。そして大阪万博が現実のものとなる前年の、昭和四十四年一月にはすでに、次の沖縄海洋博覧会の提案をしている。堺屋太一には感慨に浸るなどという言葉はないのである。

生活産業館は東大教授で、堺屋太一の建築の先生にあたる人物が設計している。正六角形で正二十四面体のサッカーボールのようなハニカム構造の建物だ。出展していたダイキン工業のハニカムであの形状は構成されていた。ちなみに建築に対しては人一倍造詣の深い堺屋太一が、人生の中で、最高傑作の建物はいまだにこの生活産業館だと評価している。

大阪万博についてさらに書きとめておかなければならないことがある。建築プロデューサーは丹下健三。運営プロデューサーは内海重典という宝塚歌劇の名プロデューサーが就いた。そしてテーマ館の展示は岡本太郎に任された。ところが岡本太郎が展示ではなく、お祭り広場に太陽の塔をつくりたいと主張したのだった。菊竹清訓がエキスポランドの後方に数十億円もかけ、蜂の巣状のタワーを建築し、それがシンボルタワーになるはずだったにもかかわらずだ。ところがそれは菊竹清訓ではなく丹下健三の怒りに火をつけた。「おまえにそんなものつくる権利はない」「それが目立つところにあるのは絶対に許さない」それが丹下健三の主張だった。対抗措置としてお祭り広場の屋根の設計をわざわざ変更し、太陽の塔を屋根で囲って見えないようにしようとしたのだ。すると今度は岡本太郎が烈火のごとく怒り、関係者の眼の前で、取っ組み合いの喧嘩となった。お互いに弟子を連れてきていたため、弟子を巻き込んでの大喧嘩に発展していった。当時の日本人はすでに温和になっていて、それほど喧嘩を目にしなくなっていたため、二人の真剣な喧嘩には鬼気迫るものがあったに違いない。

堺屋太一は議論のない事業は必ず失敗すると信じて疑わない。今は議論の場でも人間関係を優先するため、喧嘩になることなどない。大阪万博の当事者には情熱もあったし、正義感に燃えていた。プロデューサーには芸術家の魂があった。堺屋太一はこの後数々の万博に携わるが、芸術家の魂を感じたのは大阪万博が一番で、続いてセビリア万博。それだけだという。彼にとって二人の喧嘩はまさに大阪万博成功の証なのである。

結局、丹下・岡本紛争は長い議論の末、どうにかお祭り広場の屋根は、太陽の塔の周囲を丸くくりぬくという何とも違和感の残る妥協案が採用された。だが万博で最も記憶に残る風景となったことは言うまでもない。

大阪万博の運営は通産省の「日本の新しい文化を創ろう」という方針から、年功序列を止めて、できる限り若い人材を登用することとなった。長老は全員審議会の委員に就任させ、設計士には入れなかった。その代わり設計士を選ぶことを彼等の任務とした。そのため、それまであまり世に出てこなかった様々な人物が出現し、設計やデザインの担当は、ほとんど三十代で固めることに成功したのだ。中にはコシノジュンコのように二十八歳もいたが、石井幹子、黒川紀章、磯崎新といった大阪万博関係者は一九九〇年代まで建築、デザイン分野で日本をリードした。

大阪万博の会期中で堺屋太一が感激したのは、マレーネ・ディートリッヒだった。子どもの頃から彼女の歌声に惚れこんでいた。彼はそれを自分の手で始めた万博の舞台で実現させたのだ。七十歳を過ぎていたが、その美しさに心躍らされたようだ。

パビリオンではやはりアメリカ館だ。当時日本では全くといっていいほど認識されていなかったアンディ・ウォーホールのマリリン・モンローの連作。黄色一色から何人もマリリン・モンローが並び、最後は総天然色になっていくシルクスクリーンの作品だ。それをアメリカ館では贅沢に並べていた。ロバート・ラウシェンバーグはアメリカのあらゆる人々を、帽子だけで表現した。一つのコーナーに二百個程度の帽子があり、その中にはヤンキースの帽子もあればシルクハットもあった。アメリカ館の日本人の記憶はもっぱら月の石だが、堺屋太一にとってのアメリカ館は、ウォーホールのシルクスクリーンやラウシェンバーグの帽子の美術館なのだ。如何せん当時の日本では無名ではないまでも、ウォーホールとかラウシェンバーグはほとんど知られていなかった。そのため万博が終わり撤収される際には、無惨にもウォーホールのマリリン・モンローの連作はブルトーザーで踏みつけられ、捨てられてしまったのだ。

堺屋太一にとって何よりも嬉しかったのは、数多くの発展途上国が万博に参加してくれたことだ。堺屋太一はそれらの国を自分の足で巡ったのだった。堺屋にとって初の海外旅行であったし、旅の終わりにベートさんが軽飛行機で迎えに来てくれた印象的な旅でもあった。

当時は伊藤忠、丸紅の本社が大阪にあった。ちょうど商社を定年退職した人を万博出展の営業部隊に集めた。英語が堪能で、堺屋太一も彼らのうち一人を連れてアフリカとヨーロッパを巡回した。一九六八年六月に日本を出てタイ・バンコクまで日本航空で行き、バンコクからインド航空でボンベイ（現ムンバイ）に飛び、ボンベイで一泊。アゼに行って、アゼからエチオピアのアジスアベバに入る。ここからがようやく仕事の本番。アジスアベバで出展をお願いし、ケニアのナイロビ、ウガンダのマラウィ、タンザニア、さらにマダガスカル。そしてマダガスカルからモーリシャスに入った。このモーリシャスへの旅がとくに堺屋太一の記憶に鮮明に残っている。

その年の三月十五日にイギリス領から独立したばかりで領事館も大使館もない。街で警察官に官庁街はどこかと聞くと、ロンドンだと言われた。誰一人として知り合いもいなく、ポートルイス飛行場の電話帳で官庁を調べ、ともかく電話を試みた。まずインターナショナル・コマース・インダストリーというところからトライした。日本からこういう用件で来て、これから向かうからとアポイントメントをとり、タクシーで向かった。着くと日本の外務省くらいの大きさのビルに官庁が全て入っていた。四階のインターナショナル・コマース・インダストリーの受付に行くと、インド系の女の子がじっと二人の東洋人の顔を見て「アーユー、リアリー、ジャパニーズ?」と、聞いてきた。それが堺屋太一にとって印象的で「イエス、アイ・アム」と答えると、親切にも日本に行ったことがあるという官僚を紹介してくれた。それがアルウ局長だった。彼は日本を訪れたことのある唯一の官僚で親切に対応してくれた。当時は週二回しか航空便がない時代で、月曜に入ったので次の出発便までに出展を決めなくてはならなかった。しかし約四十年前の当時でも、出展料は一億円はかかっていたので交渉は難航した。

堺屋太一は日本が徳川幕府の時代にパリ万国博覧会に出展し、世界の各国に知られるようになって先進国の仲間入りをしたことをアピールした。だからこれに出展すると貴国の存在が高まると伝えた。次に日本はご存知の通り経済成長をしているので、貴国にも経済援助ができるようになるだろうと説いた。そして第三番目にお金のこと。共同で出展すると大体一億円くらいで済むと伝えた。最後にアルウ局長自身が、準備のために日本に再三旅行することができるであろうことも伝えた。さらに日本に来たら温泉やすき焼きを紹介し、芸者ガールなども案内すると個人的利益で訴えた。それが決め手となり出展を決断し、約束どおり大勢が来日した。温泉にも行ったがヨーロッパ式の習慣で水着を着て入浴してしまったりと大騒ぎだった。

結局ケニア、エチオピア、タンザニアなど、堺屋太一が営業に行った国は全て出展した。アフリカを巡回した後、ヨーロッパに足を伸ばしたのだが、当時はクレジットカードがなかったため、トラベラーズチェックで支払いをした。さらに外貨の持ち出しが制限されていたため、日が経つにつれてチェックが薄くなり、ハンブルクに着いた時は一〇マルクしか残っていなかった。

この章を終えるにあたって、「大阪万博」と「団塊の世代」の意外な接点について触れておこう。大阪万博がなければ、『団塊の世代』という本が書かれることもなかったのではないかという話である。

筆者のわたしが団塊の世代の一員であることはすでに述べた。七〇年に万博が開催された時、わたしは大学生だった。実家が大阪にあったので、夏休みに二度ほど、会場に足を運んだ記憶がある。ところで当時の高校三年生は、ほぼ全員が万博を見ているはずである。高校生の修学旅行は、この年は必ず万博会場に出向くように、文部省から指示が出されていたはずだからである。

万博開催の三年ほど前のことである。当時の堺屋太一は、万博の準備のために先頭に立って働いていた。会場のプランはできたものの、心配なのは観客の動員である。実際には六千万人以上の観客が押しかけ、会場は連日満員であったが、計画の段階では、本当に観客が来てくれるかどうか不安であった。オリンピックなら誰でも知っているが、万国博覧会というものを知っている国民は、当時は皆無といってよかった。

そこで堺屋太一は、少なくとも高校生の修学旅行は万博会場に来てもらおうと考えた。そのためには宿泊施設が必要である。もともと京都や奈良は修学旅行の人気コースであったし、甲子園の高校野球などの催しもあったから、関西には団体向けの安い宿泊施設が整備されていた。だが、念のために文部省に出向いて、高校生の一学年の人数を確認した。

ここで堺屋太一は軽いショックを受けることになる。驚くほどの人数が存在するということがわかったのだ。これでは宿泊施設が不足しているとうろたえる堺屋太一に、文部省の担当者は、これまた驚くべき事実を告げたのであった。

万博の開催は三年後である。ということは修学旅行に万博に行くのは、現在の中学生の世代である。この世代の人数は、高校生の世代に比べて、急速に少なくなっている。だから心配することはないのだ。

その当時の高校生が、まさに団塊の世代であった。この巨大なカタマリの世代のために、小学校、中学校、高校と、この世代が通過する先々で校舎不足、教員不足の問題を起こす。だから文部省などの教育関係者は、このカタマリのことを熟知していた。しかしそれ以外の省庁の人々は、まだこのことに気づいていなかったのだ。

万博開催時の高校生の人数が少ないということがわかったので、堺屋太一の当面の問題は解決された。しかし、当時の高校生の世代に、巨大な人間のカタマリがあるということは、堺屋太一の心を強くとらえた。

なぜこのようなカタマリが生じたのか。第二次世界大戦が終わって、にわかに結婚する人が増えたのだろう。既婚者の夫が戦地から復員するということもあったのだろう。そこで大量の新生児が誕生した。この人数の多い世代が、これから大学に入り、社会に出ていくということになると、それが経済に、何らかの影響をもたらすのではないか。

この段階では、堺屋太一自身、自分が将来、この世代を主人公にして小説を書き、ベストセラー作家になるといったことは、夢にも思っていなかっただろう。「団塊の世代」という名前も、まだ生まれていない。

しかしやがて、堺屋太一は鉱山石炭局鉱政課長補佐（資料班長）という肩書きをもつようになる。鉱物資源の調査をする仕事である。石炭、石油などのエネルギー資源だけでなく、石灰岩などの建設資材や、貴金属、レアメタルなどの鉱物についても、調査することになった。

日本は火山国である。火山や海底火山の地中には、熔解したマグマが徐々に冷えて固まる時に、比重によって特定の元素だけが固まって存在する部分が生じることがある。そうした鉱物のカタマリのことを、ノジュールと呼び、「団塊」という訳語があてられる。そして、たとえば「マンガン団塊」などと表現されるのである。

鉱政課長補佐の堺屋太一にとっては、「団塊」という言葉は、なじみの深いものであった。だが、たぶん鉱物資源の関係者でなければ、こんな言葉は誰も知らないであろう。

従って、堺屋太一が万博の準備で、当時の高校生の人数が極端に多いことに気づき、その直後に鉱山石炭局鉱政課に配属されるということがなければ、人間のカタマリを「団塊」と表現することはなかったであろう。

この言葉は、大阪万博から生じたといっても過言ではないのである。

第七章　リアリズムが生んだ近未来予測小説

万博開催の前年に鉱山石炭局に配属された堺屋太一は、黙々と仕事に取り組んだ。万博関係の仕事は手を離れたはずであったが、開催期間中は何かと呼び出されることがあった。落ち着いたのは翌年になってからである。

大任を果たしたあとの、ほっとした気分に包まれていた。だが鉱山石炭局の仕事を続けるうちに、問題の核心が見えてきた。

鉱山石炭局。地下資源とエネルギーを扱う部署である。名称は「鉱山石炭」であるが、現在の資源エネルギー庁にあたるこの部署では、エネルギーの安定確保が主要な責務の一つであった。しかもこの時代は、エネルギーの主役は石炭から石油に変わっていく過渡期にあたっていた。

第二次世界大戦の期間は、航空機の燃料として、石油が欠かせぬものであった。そのため「石油の一滴、血の一滴」などと言われ、貴重品とされていた。しかし、戦後は、中東での石油採掘が過剰になって、石油価格は暴落していた。むしろ、国内で石油を産出するアメリカやイギリスの方が、高い国内産の石油を使うハンデを背負うことになり、石油の採れない日本は、安い中東の石油を利用することで、高度経済成長を遂げることができたといってもいい。

堺屋太一が通産省に入った直後の研修会で、こんなレクチャーを受けたことを憶えている。

「エネルギーの問題は、石炭と石油と水力発電だが、石炭の問題は労働力、石油の問題は運賃、水力の問題は金利だと思えばいい」

石炭は労働者が掘り出すので労働賃金がコストになる。水力発電はダムを建設するのでその資金に金利がかかる。これに対して、石油は現地ではタダ同然なので、タンカーによる運賃だけがコストだと考えればいいということだ。

石炭の場合は、炭鉱での労働争議や、事故が多発していた。水力発電は黒部ダムの建設で脚光を浴びていたが、建設コストがかかりすぎて、金利が足かせになる（高度経済成長の時代はつねにインフレ傾向にあり金利も高く設定されていた）。これに対し、石油は大型タンカーによる輸送コストの削減などで、いくらでも利用できるという認識が広まっていた。

しかし堺屋太一が鉱山石炭局に配属された六九年頃から、原油価格がじりじりと上昇を始めていた。堺屋太一はただちに石油問題に着目して、資料を集め、原油価格の上昇の原因を考えた。原因はすぐにわかった。

通常の物資の価格は、需要と供給の法則で決まってくる。需要が増えれば価格が上がる。価格が上がるということは儲かるということだから、生産を増やそうという力が働き、供給が増える。そこで価格は安定する。逆に供給が多すぎれば、価格が下がる。価格が下がれば儲からないか、供給するのを止めようということになり、結局どこかで価格は安定することになる。

ところが石油の場合は、そういうわけにはいかない。供給を増やそうとしても、新たな油田が発掘されなければ、供給できる石油の量に限界があるということになる。そのことがわかれば、買い占めや売り惜しみなどの要素が加わるので、価格は一挙に上昇に転じることになる。

堺屋太一が調査を開始した六九年の時点で、新規の油田の発見による世界全体の石油埋蔵量の増加よりも、実際の石油の生産量の方が上まわっていた。つまり、新たに発見された量よりも、消費量が上まわっているということで、使える石油の量が年々減っていくということになる。

先進国の工業生産は年々増加し、発展途上国の工業化も進んで、石油の需要は加速度的に増加している。これに対して、残された石油の量は急速に減少しようとしている。

石油はやがて枯渇するかもしれない。そのことが予測されるために、事前に買い占めや売り惜しみが起こる。それは石油価格の急騰をもたらすだろう。

おりしも一九七〇年、日本のエネルギー事情は大きな変わり目を迎えようとしていた。この年、日本のエネルギー供給のうち、石油が占める割合が七〇パーセントを突破した。もはや日本は、石油なしには産業が成立しない状況になっていたのである（現在は原子力や天然ガスの利用で石油への依存度は五〇パーセント程度に下がっている）。

言うまでもなく、日本は石炭は採れるが、石油の産出はほとんどゼロと言っていい国だ。石炭と石油には、一長一短がある。製鉄の場合は、単に鉄鉱石を融かすだけでなく、酸化鉄を還元して鉄鋼を得るために、融けた鉄に石炭を投入する。これは石油では代替できない、石炭の重要な用途だ。

さらに石炭は、石油に比べて、燃えにくいという短所をもっているが、この短所は、貯蔵や運搬の安全性という点では有利に働く。石炭は常温では発火しないから、野積みにしておいてもいいし、貨車やトラックで容易に運ぶことができる。石油の場合は、常温で発火し、爆発することもあるので、きわめて危険だ。貯蔵にも運搬にも注意が必要であり、費用もかかる。

蒸気機関車がディーゼルに変わっていくことを見れば、石油が大きな利便性をもっていることがわかる。乗用車やトラックは、石油がなければ動かない。合成繊維、合成樹脂、合成ゴムなど、石油は大切な原材料となる。だが、発電や暖房のための純粋なエネルギー源に限定して考えれば、ヒーターや蒸気タービンを回すための熱源が得られればいいので、石炭でも石油でも、どちらでもいい。あとはコストの問題である。

日本の地下には、石炭が埋蔵されている。だが、その石炭を採掘するためには、人件費が必要であり、事故を防ぐための安全対策の費用、さらには発電所やコンビナートまでの運搬費用が必要である。日本も高度経済成長によって、人々の暮らしが豊かになり、人件費が高騰しつつあった。石炭のコストは上昇していたのだ。

一方、石油の方は、巨大タンカーがコンビナートに接岸すれば、輸送コストは最小限に抑えることができる。そのため、石油への依存度が急速に高まっていったのだ。七〇パーセントという依存度は、もしも何らかの事情で石油の輸入がストップした場合には、日本経済が大打撃を受けるのではないかという危惧を感じさせた。

鉱山石炭局に所属する役人として、堺屋太一はとりあえず、石油の備蓄を提案した。石油を精製する会社に、新たなタンクを増設して、備蓄を増やしてもらう。その見返りとして、優遇税制を新設して、企業にメリットを与えればいい。

ところがこの提案は容易には進行しなかった。というのも、一九六〇年代の後半というのは、水俣病、イタイイタイ病、四日市ぜんそくなどの、公害問題が脚光を浴びている時期であったからだ。世の中はすでに、経済成長一辺倒ではなくなっていた。行きすぎた工業化の促進が、公害をもたらすという新たな視点が、マスコミを通じて国民の間にも広まりつつあった。

日本は地震の多い国である。大量の石油タンクを増設すれば、災害の可能性がそれだけ増えることになる。コンビナートを拡げて生産性を高め、新たな労働力の需要を増やすということなら地元の理解も得られるのだが、ただの備蓄の施設では、地元の理解を得るのが難しいということで、備蓄を増やすというプランは暗礁に乗り上げてしまった。

堺屋太一は新たな対応を迫られた。石油が不足することの重大さを、政治家や官僚に理解させ、国民にも知ってもらわなければならない。そのためには、手持ちの調査結果だけでなく、もっと詳細なデータが必要であった。さらにそのデータを用いて、石油不足が起こった時にどのような結果が出るかを予測するためには、膨大な演算が必要であった。

堺屋太一は知り合いの若手研究者を集めて私的な研究会の場を設けた。手分けをして石油に関するデータを集める。スタッフの中には、万博の準備の段階で知り合ったコンピュータ関連の技術者もいた。膨大なデータを処理するためにはコンピュータが必要である。万博の準備の過程では、さまざまな予測が必要だったので、コンピュータ技術者のお世話になっていた。集めたデータで未来を予測するためには、まずはプログラム作りから始めなければならない。

予算はゼロである。スタッフの活動は無償のボランティアであった。幸いなことに、石油不足によって生じる損害の予測というテーマに、電力会社の常務取締役が興味を示して、コンピュータを使わせてもらえることになった。プログラムを組み、データを入力するのはすべて手作業である。当時のコンピュータは現在のパソコンのように、ディスプレイの画面にグラフなどが表示されるものではない。演算結果は暗号のようなものでテープに打ち出されるだけで、その結果を目に見える数字に変換するのも手作業であった。

当時のコンピュータは空調設備のある部屋に収納された巨大な装置であったが、演算速度はいまのパソコンとは比べものにならないほど遅い。結局、最終的な演算結果が出るまでに一年の年月が必要であった。結果は、驚くべきものであった。

もしも石油の供給が二百日間ストップしたら、日本の経済が停滞して、国民の財産の七割が失われ、三百万人の死者が出る。これがコンピュータの予測であった。第二次世界大戦の敗戦にも匹敵する大打撃である。その驚くべき結果に、かえって堺屋太一は戸惑うことになる。これを通産省の報告として世に出すには、あまりにもインパクトが大きすぎる。

しかも、一九七一年の五月、堺屋太一は鉱山石炭局を離れることになった。役所では一年半から二年で配置転換があるのが通例であるから、定期的な人事異動である。新たな部署は、大臣官房企画室企画主任というものであった。

大阪万博の大成功で、万博というものの経済効果が、周知のものとなった。しかも、予想以上の入場者があったために、大阪万博は大幅な黒字であった。つまり投資した以上に収入があったということで、これなら元手を充分に回収した上で、日本から世界に向けて情報を発信し、さらに周辺のインフラ整備まで達成するという、いいことづくめの成果を大阪万博は示すことができた。

そこで政府は、二匹目のドジョウを狙うことになった。本土復帰が決まった沖縄の経済開発を狙った博覧会の開催である。

大阪万博の直後であるから、第一種の大がかりな万博の開催は無理だが、テーマを限定した小さな博覧会なら、実現可能である。一九七五年に開催されることになる沖縄国際海洋博覧会のための準備が始まった。

企画主任として準備を始めた一年後の七二年五月、沖縄開発庁沖縄総合事務局通商産業部企画調整課長に任命される。出向ではあるが、初めての課長職である。準備が整った段階で、海洋博開幕の一年前に通産省に戻り、工業技術院業務部研究開発官付研究開発専門職という部署に移動する。このあたりの経過は、大阪万博と同じである。

いずれにしても、鉱山石炭局を離れた堺屋太一は、私的研究会のシミュレーションの結果を、通産省の公式発表として世に問うわけにはいかなくなった。

ちょうどこの時期に、堺屋太一は大阪万博成功の御礼に各国を回り、その途上でベートさんと再会して、アフリカの油田の権利を買ったという話を聞いた。ベートさんが動き始めたということは、石油の高騰が目前に迫っているということだ。

若手研究者たちの努力の成果であるシミュレーションの結果を、埋もれさせるわけにはいかなかった。

そこで窮余の一策としてひらめいたのが、小説を書くという発想であった。

もちろん、小説など書いたことはないし、書きたいと考えたこともなかった。だが、世界の石油情勢に関するデータはあるし、シミュレーションの結果にも自信がある。通産省の発表ということではなく、匿名の小説家の作品ならば、一つの問題提起として、世の人々に冷静に受け止めてもらえるのではと考えた。

それが『油断！』（文藝春秋）という小説である。

この小説は、小宮幸治という若手官僚（課長補佐）を主人公としてスタートする。石油不足を心配して備蓄の重要性を主張する課長補佐と、危機意識の乏しい部長の対立など、実際に堺屋太一の身のまわりで起こったのではないかと思われるようなエピソードが展開される。ただし小説では、寺木鉄太郎という課長が、公害問題よりも石油不足の方が重大な問題であるという見解をもつ人物として配置されている。実際の堺屋太一は、こういう上司には恵まれなかったわけだが。

小説は堺屋太一の体験に、大幅にフィクションの要素が追加して展開される。コンピュータによる未来予測の話になるのだが、実際は予算ゼロのボランティア活動であったのに対し、小説では、鴻森芳次郎という青年実業家が、ポンと一億円の資金を投じてくれることになる。あとでこの鴻森という人物は、未来予測の結果から悪どい金儲けをすることになるという小説的な展開も用意されている。

小説はコンピュータによる未来予測の結果が出たあと、実際に中東で戦争が起こり、日本への石油供給がストップするという話になる。そこからは次々と悲惨な状況が展開し、大パニックが起こるという、SF小説のような話になるのだが、これは空想科学小説ではなく、コンピュータによるシミュレーションの結果をもとに予測された未来であるという点で、迫真のリアリティーをもって描かれている。

ここが微妙なところだが、実際に『油断！』が発行されるのは、一九七五年七月である。その二年前、一九七三年の秋に、日本は石油ショックと呼ばれるパニック現象を体験した。中東で本当に戦争が起こって石油不足による深刻な影響が、日常生活にまで及んだのである。

その経緯を具体的に示すと、まず十月六日に、第四次中東戦争が勃発した。リビアとともにアラブ共和国連邦を結成していたエジプトとシリアが、突然イスラエルに攻撃を開始したのだ。これに呼応してオペック（ＯＰＥＣ／石油輸出国機構）のペルシャ湾岸六ヵ国は原油生産の削減と、イスラエル支援国（アメリカ等）への輸出禁止を発表した。

オペックの原油価格も急上昇したが、アメリカが石油不足になったために、世界的に石油が急騰することになった。急騰するだけでなく、石油そのものの産出量が制限されたために、石油不足が生じた。まさに『油断！』が予測した事態が現実に生じたのだ。戦争そのものはアメリカとソ連（ロシア）の介入で短期間に収束したのだが、石油の高騰と不足は長く続いた。

すでに二年前のニクソンショックに端を発した変動為替相場制への移行で、景気が停滞気味であった日本経済は大打撃を受けた。長く続いた戦後の高度経済成長が、翌七四年には初めてマイナス成長となった。一方、田中角栄の列島改造論でインフレ気味だった物価は、石油不足による物価の高騰で、「狂乱物価」と呼ばれる状態になった。経済が停滞しているのにインフレが起こるという、スタグフレーションと呼ばれる最悪の事態が生じたのだ。

特筆すべきなのは、地下道の照明が落とされたり、テレビの深夜放送がなくなったり、ネオンサインが消されるなど、社会全体が節約モードになったことである。こうした世の中の沈滞ムードが新たな風評被害をもたらすことにつながった。石油不足とは直接関係のないトイレットペーパーや洗剤が不足するという噂が拡がったために、消費者は争って買いだめすることになり、本当に物資が不足することになった。

私事になるが、わたしはこの年、長男が生まれたばかりだった。トイレットペーパーも洗剤もしっかりと備蓄したが、さらに粉ミルクが不足するという風評に乗せられて、神田の医薬品問屋に赴き、二〇キロほどの荷物を担いで自宅に帰ったことを憶えている。団塊の世代（とくに女性）が結婚して、団塊ジュニア出生のピークとなったのがこの年であった。

実際の石油ショックは、堺屋太一が描いた二百日に及ぶ輸入停止といった大がかりなものではなく、主として風評によって起こったパニックであった。しかし多くの人々は、石油不足がもたらす窮状を身をもって体験していた。従って、『油断！』の読者は、そこに描かれた大パニックを他人事とは思えなかった。むしろ自らもその一端を体験したことのあるリアルな出来事ととらえたのだ。

これが『油断！』が大ベストセラーとなった要因である。単なる絵空事の空想科学小説とは一線を画したリアリズムが、この作品の特長である。この小説には短い「あとがき」が付されている（現在の日経ビジネス文庫版にも収録されている）。そこでは堺屋太一というペンネームの作者が、こんなふうに語っている。

数年前、いくつかの分野の研究者有志が集まって、日本の将来を考える気ままな会合を持ったことがある。その調査対象の一つに、〝石油輸入が大幅に減少した場合、日本が受ける影響〟というテーマがあった。つまり本書でいう「油減調査」だ。

調査方法としては、マルコフ過程という数学理論を適用した。つまり、一つの事態が発生した場合、次にどのような事態が生じるかを、確率論的に積み上げていく手法である。それは非常に手間のかかる仕事だったが、幸い電算機なども使用でき、かなり精密な計算によって予測をしぼることができた。

それはあの第四次中東戦争によって先の石油危機が起こる以前のことだったが、その予測結果には参加者すべてが息を呑むほどに驚いた。被害の大きさが全員の想像をはるかに上回ったからである。そしてこの時から、この「絶対にないとはいえない危機」に対する認識を世に訴えることが、われわれの義務と考えられるようになった。

これは周到に計算された「あとがき」といっていいだろう。本編はあくまでも小説であり、フィクションであるが、コンピュータによる未来予測の部分は事実なのだということをさりげなく強調している。一方、読者の方は、石油ショックによる物不足を実際に体験している。この結果、この小説は読者に強いインパクトを与えることに成功した。

それにしても、この『油断!』という作品は、出発の段階から数奇な運命によって誕生したといらしかない。当初は、一介の下級官僚が、石油不足を懸念して備蓄を提案したところから、話が始まっていく。現実の経緯も、小説のストーリーも、そこまでは同じように展開していく。

しかしそこから先は、現実の展開の方がドラマチックであるといえるかもしれない。いくつもの偶然が、堺屋太一という稀代の作家の誕生に向けて、まるであらかじめ設定されていたストーリーのように、話が展開していくのである。

備蓄の提案が認められなかったために、データを集めて未来予測をしたというのは、本来の鉱山石炭局の役人としての業務である。ただ私的な研究グループを作ったというのが、いかにも堺屋太一らしい。大阪万博への道程も、最初に私費を投じてパンフレットを作り、個人的に活動した。それが万博の大成功という大きな成果をもたらした。同じように、結果として堺屋太一は、私費を投じて未来予測を実施することになった。

コンピュータによる計算の結果が出た時には、堺屋太一は鉱山石炭局から離れていた。このタイムラグのために、堺屋太一は結局、協力してくれたスタッフに私費で謝礼を払い、計算の結果を一人で小説という形で発表せざるをえなかったのである。

しかし、小説を書くというのは、堺屋太一にとっては初めてであった。もともと文学青年ではなかったから、最初は戸惑ったことだろう。ただ通商白書を書いていた頃から、自分は文章を書くのが好きだという発見があった。小説ではないが、これまで四冊の著書も出している。編集者の知り合いもいるし、小説くらい書けるだろうという、自負のようなものはあったはずである。

小説の第一稿を書き上げたのが、一九七三年の初めであった。まだ石油ショックは起こっていない。いいかえれば、世の中の人々はまだ石油不足の恐ろしさに気づいていない状況である。

この年、ＳＦ作家の第一人者、小松左京の『日本沈没』が刊行され、大ベストセラーとなった。これは地震や地殻変動がテーマである。地震の話ならわかりやすい。日本国民の誰もが、地震や火山の噴火には恐怖心を抱いている。しかし石油不足については、誰も心配していない。

堺屋太一は原稿を知人の編集者に預けた。編集者の方も困惑したのではないだろうか。テーマは石油不足。パニック小説にしてはわかりにくいテーマだ。さらに、堺屋太一は小説を書くのは初めてだし、文学青年ですらなかった。まるで論文のように理詰めで論理が展開される。ドラマとしてのふくらみが乏しく、登場人物のキャラクターもいくぶん類型的である。

もっともこれは堺屋太一という作家の個性といっていい。経済の動きから社会の仕組みや人間の営みを解き明かすのが堺屋文学である。プロになった後の作品でも、人情の機微とか、恋愛とか、そんなものはほとんど描かれることはない。視点の取り方がマクロ的なのだ。

堺屋太一が描く経済小説、シミュレーション小説は、それまでの小説という概念を打ち破る新しいスタイルの作品であった。だが、最初に原稿を預かった編集者は、戸惑いを隠せなかった。

「色模様が足りない」

これが編集者の感想だった。

第八章　謎を生んだ匿名作家　２００万部の大ヒット

一年ほどの時間をかけて書き上げた小説であったが、ただちに出版というわけにはいかなかった。半年かけて改稿した第二稿は、「長すぎる」と言われた。ようやく、これなら出版できるという原稿が完成したのが、一九七三年の十月であった。

すでに第四次中東戦争が始まっていた。

小説の中で堺屋太一が予言した、石油不足を招く原因となる戦争が始まり、中東石油産出国の生産削減や原油価格の値上げが、深刻な問題となりつつあった。

編集者はうってかわって、出版を急ごうとした。反対に、堺屋太一は出版を断念しようと決意した。

ここでこの本を出せば、いかにもキワモノ的な出版となってしまう。

この小説は、シミュレーションによって書かれた未来予測の作品であり、社会に警鐘を発するのが目的であった。すでに中東戦争が始まってしまったのでは、予測としての意味は失われ、逆にパニックに対する不安をあおることになる。

堺屋太一はまだ通産省に在職中である。官僚としての見識からしても、パニックをあおるようなことは許されない。

出せば売れることがわかっている本を出さないというのは、出版社にとっては残念なことだったはずだ。堺屋太一としても、すでに未来予測のプロジェクトのために、私費を投じていた。コンピュータは電力会社のものを借りることができたとはいえ、作業にかかる人手がいったし、プロジェクトに参加してくれたメンバーにも謝礼を払っている。本が出なければ、それらの経費はすべて赤字になってしまう。

しかし、ここで本を出すべきではないという、堺屋太一の見識が勝って、『油断！』という作品は、いったんは出版を見送られることになった。

この作品が世に出るのは、二年後の一九七五年になってからである。ここにも、必然と偶然が、微妙に絡んでいる。

必然というのは、石油不足による危機というのは、日本がかかえている本質的な問題だということだ。第四次中東戦争による石油不足は、幸いにして短期間に収束した。それはたまたまのことであって、もっと大きな石油危機が襲来する可能性が消えたわけではない。従って、石油不足による危機に備えて石油の備蓄を増やさなければならないという、堺屋太一の信念は、いささかも揺らいではいないということだ。

これに偶然の要素が加わった。というのは、一九七四年四月、またもや人事異動があって、堺屋太一の所属が変わったのだ。今回の勤務先は、通産省工業技術院業務部研究開発官付研究開発専門職というものである。この肩書きは暫定的なもので、七月には通産省工業技術院業務部研究開発官統括担当になっている。

この人事異動で工業技術院に配属されるまでは、堺屋太一の職務は沖縄海洋博の準備であった。従って沖縄と東京の間を往復する生活であったが、どちらかというと本拠は沖縄にあった。前述の出版社との交渉も、沖縄に本拠があったために、意思の疎通が充分ではなかった面があったのではないだろうか。

ようやく準備が整い、沖縄から離れることによって、堺屋太一は再び石油問題に取り組むことになる。いったん出版が見送られた『油断!』の原稿が、重要な意味を持つようになるのだ。

沖縄にいた間、堺屋太一は海洋博の準備に取り組むとともに、ちょうど沖縄で計画されていた石油備蓄施設にも関心をもっていた。もともと備蓄の必要性を唱えたのは堺屋太一自身であったから、実際に石油タンクが建設される経緯を見守っていたのだ。ところがこの計画は進展しなかった。途中から地元の反対運動が起こって、計画がストップしてしまったのだ。

最終的には、石油タンクの建設は実現するのだが、反対運動のために計画が二転三転して、余分な費用がかかり、計画に参加してくれた企業が赤字をかかえることになった。このようなことがあると、堺屋太一が提唱した備蓄計画そのものが、先に進まないことになってしまう。

この沖縄での体験をもとに書かれたのが『破断界』（実業之日本社）という作品である。これは『団塊の世代』の雑誌連載のあとで書かれた、小説としての第三弾だが、書き下ろしであったので、単行本としては二番目の小説ということになる。この「破断界」という言葉も、いまでは経済の変わり目といった意味で、一般にも用いられる言葉になった。

沖縄海洋博そのものは、大阪万博のような大規模なものではなく、海洋という限られたテーマの催しだったため、来館者の数が期待していたほどには伸びなかった。しかし道路などのインフラ整備が進み、返還後の沖縄経済の基礎を築いたことは間違いない。恒久施設として残された「美《ちゅ》ら海水族館」は沖縄観光の最大のスポットになっている。

だが同時に、備蓄計画が進まないという事態を、沖縄で実際に体験した堺屋太一は、石油問題の深刻さを痛感することになった。

さて、堺屋太一が配属された工業技術院というのは、さまざまな産業に関する工業技術の研究開発を担当する部門で、のちの省庁の改編に伴い、経済産業省産業技術総合研究所を経て、現在は独立行政法人産業技術総合研究所という組織になっている。堺屋太一が担当したのは、「サンシャイン計画」というものであった。

これは七三年末から七四年前半にかけての石油ショックに対応するために、急遽編成されたプロジェクトであった。要するに、石油不足に備える代替エネルギーの開発と利用に関する研究をしなければならないということで、太陽光発電、地熱発電、石炭の液化などの技術を研究開発することになったのだ。

この頃になると、風評による物不足も解消して、石油不足の問題も一段落していた。石油の価格は高値のままだったが、根本的な石油問題の解決を図ろうという議論は起こらず、むしろ石油の価格が下がらないのは、メジャーと呼ばれるアメリカの石油資本が、買い占めなどで価格をつり上げているのだといった主張が横行していた。

つまり現在の石油価格の高騰は一時的なもので、やがては安定するという考え方だ。これは世界的な石油の需要増大に対して、石油そのものが絶対的に不足するという、根本的な問題から目をそらすための、その場しのぎの議論でしかなかった。

通産省の上層部や財界には、楽観論が広まっていた。これでは、備蓄の計画も進まないし、石油に代わる代替エネルギーの開発を担当する「サンシャイン計画」の意義も忘れられてしまう。

堺屋太一は自身の職務上の必要からも、いったんは発表を断念した『油断!』を世に出して、警鐘を発する必要性を痛感するようになった。

だが、出版直前までに到った以前の原稿(第三稿)をそのまま使用するわけにはいかない。読者はすでに石油パニックを体験している。それは軽微なパニックであり、風評による被害にすぎなかったのだが、読者が体験したパニックのリアリティーは、作品で描かれる未来予測に直結するものだから、作品全体のリアリティーの支えとなるはずだった。

そのため、七三年末から七四年にかけて実際に起こったパニックの要素も、作品の中に取り込む必要があった。さらなる書き直しが必要である。堺屋太一は職務を果たしながら、余暇のすべてをつぎこんで、第四稿を書き始めた。

本来の職務に加えて、小説の執筆。この多忙な時期に、堺屋太一にとって、重大な転機となる出来事が起ころうとしていた。

のちに夫人となる堤史子《ちかこ》と最初に出会ったのが、この時期であった。

見合いである。

堺屋太一はこれまでにも、何度か見合いをしていた。東大出身の若手官僚には、見合いの話が山ほどある。そもそも万博というものを実現したいと考えるようになったきっかけも見合いであった。

あれから約十年。堺屋太一は三十歳代の後半になっている。べつに結婚を拒否していたわけではないのだが、心が動く女性とは出会わなかった。

堺屋太一には一つの理想があった。

足音の軽い人。

堺屋太一は雑誌のインタビューなどでも、この表現を何度も口にしている。足音の軽い人とは、単にほっそりとして体重の軽い人という意味ではないだろう。歩き方も楚々として奥ゆかしい、上品で、清純で、芯は強いが人前では控えめな女性……。そんな感じの女性ではないだろうか。

堤史子を紹介したのは、東大の建築学の教授であった。通産省の上司などではないので、断るのは簡単であったが、堺屋太一には感じるものがあった。それで何度か、デートを重ねることになるのだが、何しろ多忙である。お茶を一杯飲んで、それでおしまい、といった短いデートであった。

史子は名のある実業家の娘でお嬢さま育ちではあったが、芸大の美術学部を卒業して絵を描いている女性であった。親が官僚ではなく実業家であることと、芸術という目標をもっている女性であること、何よりも「足音の軽い人」という、理想の女性であったことで、長く独身を続けてきた堺屋太一も、結婚を決意することとなった。

この時点でもまだベートさんは存命であった。これまでも、堺屋太一は見合いの度に報告をしていたのだが、ベートさんの方から、結婚すべきだという強い推奨の返事が返ってきたことはなかった。ところが史子さんの場合は、すぐに返事が来て、まさに理想の女性であるからその方と結婚するようにというアドバイスがあった。

もっとも、史子さんの方でも、将来を託す夫であるから、慎重にならざるを得ない。ご両親も心配で、知己を通じて通産省に探りを入れ、堺屋太一とはどんな人物なのか、調査をすることになった。

最初に伝わってきたのは「アイデアマン」であるという評判である。大阪万博を企画し実現させたといったことも伝わってきた。それはいいのだが、「相当に風変わりな人だ」という話もあり、「どうやら小説のようなものを書いているらしい」ということもわかった。結論として、「結婚するのはやめた方がよい」とアドバイスする人が多かった。

史子さん自身、のちに東郷青児賞を受賞するほどの芸術家である。だから、「風変わりな人」を避ける気持はなかったが、堺屋太一とデートすると、いつもお茶一杯だけなので、節約家ではないかと心配したそうだ。実業家の家でのんびり育ったので、生活の心配をしたことがない。あんまりケチな人だと、先が心配される。しかしこの懸念は、何度目かのデートで、高級料亭での食事に誘われて、問題がないことがわかった。お茶一杯というのは、節約ではなく、単に忙しかっただけなのだ。

忙しかったのは、サンシャイン計画という、まったく新たなプロジェクトを始めたことと、『油断！』の書き直しの作業を急いでいたからである。

こうして一九七五年、『油断！』は日本経済新聞社から発行され、たちまち大ベストセラーとなった。堺屋太一にとっては五冊目の著書であるが、これまでの四冊は、池口小太郎という本名で発表した。いずれも通産省における自身の職務の関連のある著書であったからだ。

今回の場合、発想のきっかけは鉱山石炭局での職務であったし、現在の「サンシャイン計画」とも関連するテーマではあったが、当初から通産省とは無関係の、一種のフィクション、すなわち小説という形の書籍として世に問うつもりであったから、匿名ということになった。

ペンネームが必要である。

迷わず、先祖の「堺屋太一」という名を自らに冠することにした。

フィクションであるとはいえ、巧妙な「あとがき」をつけることで、ただの絵空事ではなく、作品の前半に登場するシミュレーションの部分はほぼ事実に近く、大パニックが起こるという後半の展開にもある程度の信憑性があることを読者に示していた。

だから、作者が通産省の関係者ではないかという、気配のようなものは、発表当初から漂っていた。出版社側も意図的にその種の情報をリークしたようで、「お役人が匿名で書いた小説」という噂が、この作品がベストセラーになっていく推進力の一つになっていたことは否定できないだろう。

本が出ることが決まってから、史子さんにも小説が出ることを告白した。その時、堺屋太一というペンネームで出すことも告げたのだが、史子さんはこのペンネームが気に入らなかったようだ。結婚後、堺屋太一はさまざまな事柄について、夫人のアドバイスを受けるようになった。『油断！』の発売時期がもう少し遅れていれば、堺屋太一ではなく、べつのペンネームで発表されることになっていたかもしれない。

堺屋太一は史子さんに、もう一つ、告白しなければならないことがあった。格闘技好きだということである。高校時代にボクシングのモスキート級で大阪府のチャンピオンになったくらいであるから、格闘というものが好きなのはもちろん、とくに観戦する方では、当時にわかに人気が高くなった女子プロレスのファンであった。

しかし東大卒の人で、女子プロレスが好きというのは、やはり「風変わりな人」というべきであろう。突然に発覚したりしたら、史子さんがショックを受けるかもしれない。そこで、見合いをしてからちょうど一年後、史子さんを女子プロレス観戦に誘うことになった。

ちょうど「ビューティ・ペア」という新人のデビュー戦であった。

ジャッキー佐藤とマキ上田による新人ペアで、このデビュー戦がＷＷＷＡ（世界女子レスリング協会）の世界タッグ王座戦で、チャンピオンの赤城マリ子とマッハ文朱のペアと対戦し、いきなり勝利して華々しいデビューを飾ることになる。のちには『かけめぐる青春』という曲で歌手デビューし、全国的なアイドルとなるのだが、その記念すべき試合を二人は観戦した。

その名のとおり、この二人は美人ペアとして人気を得た。史子さんにとっても、格闘技というものに抱いていた先入観が払拭されたのではないかと思われる。実はこの日は、最初の見合いから丸一年であると同時に、史子さんの誕生日でもあった。

この夜、堺屋太一は史子さんにプロポーズすることになる。

女子プロレスを見た直後であったが、史子さんはプロポーズを受け入れてくれた。

小説を書く通産官僚であり、女子プロレスのファンという、まさに「風変わりな人」との結婚を、史子さんは受け入れてくれたのである。

しかし史子さんとしても、この時点では、夫となる人が専業の作家になるとは、予想していなかったに違いない。結婚式はプロポーズから半年後であったが、その結婚式の引き出物の中には、刷り上がったばかりの『団塊の世代』が加えられた。しかも本の装丁は、画家である史子夫人が担当したものであった。

史子さんの絵は、抽象画ではないのだが、どこか幻想的な風景や人物を描いたモダンなものである。『団塊の世代』という作品のデザインとしては、最適のものであった。この本の売れ行きの一端は、史子さんのデザインに負うところがあったのではないだろうか。その意味でも、この夫婦は、運命的な出会いをしたことになる。

すでに『油断！』というベストセラーを出している堺屋太一であったが、この作品は雑誌に連載したものであり、堺屋太一はこの作品でプロの作家としての第一歩を踏み出したといっていいだろう。

執筆開始までの準備期間はあったはずだが、堺屋太一の人生にとって重要なエポックとなるこの作品が、史子夫人へのプロポーズから結婚までの半年の間に、雑誌連載から出版まで一気に進行し、当の史子夫人が装丁を担当し、その本が結婚式の引き出物になるという、思いがけない結果までもたらしたのは、偶然なのか必然なのか、まるで小説のようなドラマチックな展開だというしかない。

いずれにしても、プロポーズから結婚式、そして連載小説の執筆という、思いがけないことの連続であった一九七六年という年は、堺屋太一の人生にとっても、エポックとなる年であった。

プロポーズの時点では四十歳。結婚式の時は、四十一歳になっていた。

その『団塊の世代』が書かれるまでの経緯は次の章で語るとして、ここでは改めて、『油断！』という作品の意義について考えてみたい。

この作品はおそらく世界で初めての経済小説であり、未来予測のシミュレーション小説でもあった。そのことだけでも、傑出した作品ということができる。

しかし堺屋太一自身はこの作品のことを、「当たらなかった未来予測」だと述べている。なぜなら、油断による大パニックは、今日まで起こっていないからである。しかしそのことで『油断！』のシミュレーション小説としての価値が下がるわけではない。むしろ逆である。『油断！』という小説が二百万部を超える大ベストセラーになったからこそ、国も国民も、石油問題に関心をもつようになった。その結果、油断という事態に対する備えが充実して、今日の安定したエネルギー供給が実現することになったのだ。

鉱山石炭局に在籍していた頃から、堺屋太一は石油備蓄の必要性を提唱していた。しかし『破断界』で描かれた沖縄の例のように、石油タンクの建設に対しては、地元の反対があり、備蓄の計画は簡単には推進されなかった。

一九七三年の第四次中東戦争による石油不足と価格の高騰によって、備蓄の計画は一歩前進したものの、戦争が終わって風評被害が収束すると、アメリカ石油資本による価格つり上げ説が横行するようになった。それは国民を安心させ、風評被害を防ぐという狙いもあったのだろうが、それで備蓄計画が滞ることにもなった。

小説『油断！』が大ベストセラーになったことの意義は大きい。このことによって、石油不足の懸念は国民全体のものとなった。そうなれば、備蓄施設の設置に関しても、反対する人々を説得することができる。またサンシャイン計画の実施についても、税金を投入しやすくなる。

その結果、現在ではおよそ百五十日分の石油が備蓄されている。エネルギーの転換も進み、原子力、液化天然ガス、風力、地熱などの利用が盛んになった。またサンシャイン計画と並行して進められたエネルギーの節約を推進するためのムーンライト計画で、ガスタービンの改良や、燃料電池の利用、エアコンなどのヒートポンプ方式の改良などが進んだ。

とくにエアコンや電気冷蔵庫の効率化は、節電という点では大きな効果を上げている。その他の家電でもマイクロコンピュータの活用によって節電が可能になり、自動車の燃費も改善された。このようにエネルギーの転換と節約によって、効率的なエネルギーの活用が可能となった。「省エネ」という言葉が生まれ、国民の全体に拡がったのも、『油断！』の問題提起が国民に受け入れられたからだといえるだろう。

小説『油断！』が想定しているような中東における長期の戦争が起こらなかったという事実はあるが、現在の中東情勢を見ても、長期的な戦争が起こる可能性は充分にある。しかしいまは、石油の備蓄もあり、代替エネルギーの開発も進みつつあるので、この作品で予測されているような大パニックは、起こりえないと断定できるだろう。

その備蓄や、代替エネルギーの開発は、国民の多くが『油断！』を読むか、または『油断！』で予測された事態をマスコミなどを通じて知っていたからこそ実現したのだ。だから、『油断！』という作品は、多くの人々に読まれることで、予測がはずれるという、まことに幸運な作品だというべきだろう。

世の中に警鐘を発するという堺屋太一の意図は、充分に達成されたのである。

堺屋太一自身も、『油断！』について、「予測は当たらなかったが成功した作品である」と述べている。

ところで、二百万部もの本の売り上げがあると、どういうことになるのか。当時の出版業界は好況であった（これは団塊の世代がよく本を読む人々であったからだとわたしは考えている）。だから初版の刷り部数は一万部くらいが常識であった。定価が千円の本だと、だいたい一〇〇万円程度が、著者に支払われる。堺屋太一が書いたそれまでの本も、その程度の収入であった。

堺屋太一自身、『油断！』を執筆していた当時は、世の中に警鐘を発することしか念頭になく、そこから収入が得られるといったことは、考えていなかったはずだ。せいぜい一〇〇万円程度の副収入、といったことがそれまでの体験でわかっていた。それが、一挙に二百万部である。一〇〇万円の二百倍の収入である。

公務員がこんな副収入を得ていいのかという、やっかみ半分の批判的な目が、周囲から向けられたことは間違いないだろう。堺屋太一は、自分が小説を書いていることを、同僚たちに隠すようなことはなかった。本名で出すわけにはいかないというのが、ペンネームで本を出した理由だから、極秘の覆面作家というわけではなかった。

当然、周囲の目が冷たくなるのは、やむをえない。しかし堺屋太一は平然としていた。工業用水課に所属しながら、万博誘致のプランを説いて回っていた頃には、監禁まがいの状態になって、徹夜で辞職するようにと迫られたこともある。それに比べれば、二足の草鞋で仕事をするくらい、どうということはないのだ。本業さえちゃんとやっていれば、誰に文句を言われる筋合いもない。

役所には職務規程があった。夜中に別の会社でアルバイトをするとか、継続的な兼業は認められない。しかし原稿を書く程度の仕事なら、本務に差し障りがなければ、問題にはならない。単行本一冊書く場合も同様である。事前に届けを出して、本務に支障がないことを念書として提出しておけば、役人が小説を書いても、まったく問題にはならない。長期的な連載さえしなければいいのだ。

堺屋太一は自らを有能な官僚であると思っていた。自分の仕事の能力にはひそかに自負を抱いていた。やるべきことはきちんとやる。それが鉄則である。

用水課にいた当時は、遅刻も欠勤もしなかった。やるべきことはやっているという自負があったからこそ、再三にわたる辞職勧告にも、びくともしなかったのである。

もっとも、サンシャイン計画にたずさわるようになってからは、比較的自由な部署であったので、徹夜をしたあとなどは、夕方に出勤するなどということも、珍しいことではなくなった。マスコミが『油断！』の作者を求めて、インタビューを申し入れた時に、なかなかつかまらない人物であるといった風評を流したのは、そういう事情からだった。

確かにその頃になると、かなり自由な勤務態度であったが、やるべき仕事はちゃんとこなしていたのだ。だから懲戒免職にならない限り、自分から辞表を書く必要はないと割り切っていた。

そういう状況の中で、堺屋太一は人生の転機となる一九七六年を迎えることになった。いよいよ『団塊の世代』が書かれることになるのだ。

第九章　「この塊は何だ？」がベストセラーに

この章では視点をかえて、堺屋太一という人物を、客観的に眺めてみることにしよう。そうした視点を設定するために適任の人物がいる。『団塊の世代』の担当編集者である。この人物による原稿の依頼がなければ、あるいはプロの作家としての堺屋太一は、誕生していなかったかもしれない。

大ベストセラーになったといっても、『油断!』という作品の成立には、さまざまな偶然が重なっていた。堺屋太一自身、小説を書くというのは初めての経験であったし、小説家になるなどということも、その当時はまったく考えてもいなかった。ただ石油不足の問題を世の中に訴えたいという思いで、小説を書くという慣れない作業に取り組んだのだ。

従って、作家として原稿の依頼を受け、締切を守って連載小説を書くという、まさにプロの作家としての作業を体験したのは、『団塊の世代』が最初であった。

ここからすでに、プロの作家としての堺屋太一が誕生したといってもいい。ただし、先にも述べたように、役所には規程があるから、長期的な連載はできない。『団塊の世代』は短期集中連載というかたちで掲載され、間を置かずに単行本が出た、特別の作品であった。

その担当編集者とは、講談社勤務の豊田利男氏である。

団塊の世代の先陣より一歳年長の昭和二十一年生まれ。入社六年目、二十八歳の若手編集者であった。

豊田は入社以来、『週刊現代』の記者として政治経済の分野の取材にあたるかたわら、作家の連載を担当する編集の仕事にもあたっていた。五木寛之の『青春の門』という大ベストセラーを担当したのも豊田であった。だから、堺屋太一の『団塊の世代』がのちにベストセラーになったからといって、格別に驚くことも、手柄だと思うこともなかった。ベストセラー作品を世に出すのは、編集者として当たり前のことだと考えていたのだ。

六年間の週刊誌の担当を経て、一九七五年、豊田は人事異動で『月刊現代』に移ることになった。週刊が月刊に変わっても、仕事の内容に大きな違いがあるわけではない。自らライターなどの取材チームを率いて記事を作る一方、編集者として、雑誌の看板となるような連載小説を依頼するというのが仕事である。

ただし週刊誌と月刊誌とでは、読者層が少し違う。週刊の場合はテンポが速く、より時事的な内容が求められるし、エンターテインメントの要素も強くなる。月刊の場合は一つ一つの記事が掘り下げられることになり、政治や経済の分野でインパクトのある問題提起がなされなければならない。

豊田は有能な編集者であった。自ら企画を立ててテーマを決め、ライターに指示を出して的確な記事を作り上げた。大地震の恐怖や、石油ショックなど、国民生活に大きな影響を与えるテーマが得意で、週刊誌の売り上げ増加に貢献した。取材を通じて、官僚や学者の知己も多かった。入社六年にすぎない若手であったが、実績を認められて、月刊誌では副編集長の重責を任されていた。

連載原稿に関しても、有名な作家に依頼をしてただ原稿を受け取るだけといった、単純な編集者の作業ではなく、自分で企画を立てて、新たなテーマに挑むといった、ラジカルな仕事を心がけたいと思っていた。だから最初から、すでに実績のある既存の作家ではなく、未知の新人を発掘したいと考えた。

結果として豊田はこの時期に、深田祐介の『新西洋事情』と、堺屋太一の『団塊の世代』という、大ベストセラーとなる二本の連載をかかえることになるのだ。

いずれも、単なるエンターテインメントではない。

深田祐介はすでに文学界新人賞を受賞した純文学の作家であったが、一般には無名の書き手であった。純文学だけでは生活できないため、日本航空のロンドン駐在員や広報室次長など、サラリーマンを続けながら執筆する兼業作家でもあった。

ヒットとなった『新西洋事情』は小説ではなく、ロンドン駐在員時代の体験を活かしたエッセーであり、現地で生活した者でなければ得られないリアルな問題提起をして多くの読者を獲得するとともに、大宅壮一ノンフィクション賞を受賞することになった。ただし、連載は好評だったものの、単行本は別の出版社から出ることになった。書き手が無名であったため、出版部が認めなかったのだ。

この連載の開始前、深田祐介はしばらくの間、海外に赴任していたこともあって、純文学の執筆からも遠ざかっていた。従って、純文学の業界からも半ば忘れられた存在であった。その深田祐介に、小説ではなく連載エッセーを書かせるというのは、豊田の発案であり、見事な着眼であるといっていいだろう。

この連載エッセーのヒットで、深田祐介は日本航空の業務で得た見聞からさまざまな作品を書くようになり、『炎熱商人』で直木賞を受賞するなど、プロの作家として活躍することになる。その意味では、深田祐介という作家の人生を変えた作品といってもいい。

同じように、豊田の連載依頼が、堺屋太一の人生を変えることになる。

ただし深田の場合は、純文学の作家として、いちおうは世に知られた存在であり、日本航空に勤務しているということもわかっていた。しかし堺屋太一の場合は、この作者がどういう人物なのか、誰も知らないという状態であった。

豊田が知っていたのは、『油断！』という作品だけである。週刊誌の時代から、政治経済の記事を担当し、とくに石油問題には関心をもっていたから、この本は発売直後に読んでいた。そこでシミュレーションによる未来予測という点に、興味をそそられた。同じ手法で、次の作品を連載することができれば、月刊誌の読者に評価されるのではないか。

当時は経済予測、未来予測というものが、大きなトレンドになりつつある時期だった。アルビン・トフラーの『第三の波』はまだ日本では翻訳が出ていなかったが、すでに欧米では評判になり、豊田もその情報はつかんでいた。さらにトフラーが来日した時は、講談社が世話をしたため、豊田は一緒に焼鳥屋まで行ったほどであった。

豊田はもともと未来学というものに興味があったのだ。だから、まだ会ったことのない堺屋太一に、大きな期待を抱いていた。仕事を頼めるかどうかはともかく、とにかく会って話をしたいという気持だった。

だが、「堺屋太一」は正体の知れない覆面作家であった。連絡場所もわからない。

本の「あとがき」を見れば、石油関係の調査を担当する立場にいる人物らしいということはわかったし、当時から、通産省の官僚がペンネームで書いた小説という風評は流れていた。週刊誌の記者であったから、調査をするのは慣れている。通産省にあたってみると、意外にたやすく、池口小太郎という人物に到達した。

堺屋太一は同僚にも、自分が小説を書いていることは隠さなかったし、すでに大阪万博の成功で、省内では有名人になっていた。ベストセラーとなった『油断!』の作者が池口であることも、省内では公然の秘密であったから、通産省に少し探りを入れるだけで、堺屋太一の正体を知ることができたのである。

最初は、取材を申し入れた。サンシャイン計画の担当者だから、月刊誌が取材を申し入れることに不審な点はない。ただし本人をつかまえるのには苦労をした。通産省を訪ねても席はからっぽで、本人の居場所がわからない。サンシャイン計画の立案や、実現の可能性を探るために、研究者や企業を回る日々が続いていた。

鉱山石炭局に在籍していた頃の堺屋太一は、本務をまっとうするために、無遅刻無欠勤を貫いていたが、この時期になると、比較的自由な勤務ぶりであった。工業技術院という、ピラミッド状の組織からは少しはずれた、研究開発が中心の部署にいたということもある。出勤するのはおおむね夕方になってからであった。

そうした堺屋太一のペースがわかったので、豊田も夕方に通産省に赴くようになり、ようやく堺屋太一をつかまえることができた。当初は簡単なコメントを求める程度の接触であったが、何度か話をするうちに、一度自宅へ来て、じっくり話をしようじゃないかということになった。

堺屋太一としても、自分が担当するサンシャイン計画をマスコミが取り上げてくれるのはありがたいことであったし、そうした本務を離れても、若い人と酒を飲みながら、国の未来について語るのは、楽しみでもあったのだ。

堺屋太一はやがて史子夫人と結婚して、四谷に新居を構えることになるのだが、当時はまだ独身であった。ベートさんの勧めで学生時代に土地を買った、音羽の一戸建ての住宅で暮らしていた。同じ音羽にある講談社の本社からは至近の距離である。

四十歳近い官僚が、広い一戸建て住宅に一人で暮らしているというのも、奇妙な眺めであったが、この人物が大阪万博を成功させ、『油断！』を書いた作者であることはわかっていたから、「風変りな人」であることには驚かなかった。

豊田は堺屋太一に気に入られ、取材といった仕事から離れて、気軽に語り合う仲になった。酒を飲みながら、さりげなく『油断！』の話をすると、堺屋はあっさり自分が作者であることを認め、実際のシミュレーションの経緯などを語ってくれた。

堺屋太一はそれほど深酒をするわけではないが、軽く飲みながら適宜に問いを投げかけると、どこまでも話が尽きないタイプの人物である。しかも無駄話のようなものは一つもない。さまざまなテーマに関して、具体的な数字を挙げて、分析したり、予測をしたり、提案をしたり、アイデアがとめどなく涌きだしてくる。

聞いているだけで楽しかったし、勉強にもなったが、編集者としての仕事を始めなければならない。

そこで改めて、連載小説の執筆を依頼することになった。

未来予測の第二弾を執筆することと、月刊誌への連載という新たな試みを、堺屋太一は快く引き受けてくれた。第一弾の『油断！』の大成功で、堺屋太一自身、小説を書くということに、興味と手応えを感じ始めた時期であったのだろう。

問題はどのような分野で未来予測を試みるか、すなわち作品のテーマである。

豊田は未来予測そのものに興味を感じていたのだが、どの分野をテーマとして取り上げるかによって、話の内容も変わってくる。月刊誌の読者や、単行本の読者が、最も関心を持ちそうなテーマを選ばなければならない。

当時の堺屋太一が担当しているサンシャイン計画に関するものでは、『油断！』の二番煎じになりそうだから、豊田としては、為替相場とか、株価とか、読者の多くが関心を持ちそうな分野で、未来予測ができないかと考えていた。

だが、堺屋太一は意外なテーマを提案した。

人口論。これは確実に未来予測ができそうなテーマだし、大変な社会問題を招くことになる重大な問題であると堺屋太一は語った。

昭和二十二年から二十四年に生まれた世代のところに、巨大なカタマリがある。このカタマリがそのまま年を重ねていくと、課長や部長のポストが足りなくなり、企業は動きがとれなくなる。年功序列の賃金体系も、このカタマリが高齢になれば、もちこたえられなくなるのではないか。

こうした堺屋太一の指摘は、意外なものであったが、言われてみれば、豊田にも思い当たることがあった。

豊田は団塊の世代より一歳上の、昭和二十一年生まれである。この年に生まれた人の数は少ないのだが、自分が小学六年生の時や中学三年生の時、下級生の人数が多いために、校庭にプレハブ校舎が建てられ、講堂から人があふれるため、校内行事が二部制になるなど、異様な事態になっていたことを、豊田は身をもって体験していた。

大学受験にしても、浪人すると、あとから押し寄せてくるカタマリに呑み込まれてしまうということで、プレッシャーを感じていた。

幸い、就職の時は、好景気が続いていた。ベトナム戦争の特需があり、オリンピックから大阪万博、さらには田中角栄首相が打ち出した列島改造論で、建設業が活気づいていた。石油ショックが起こるまでは、戦後の経済成長の勢いがまったく衰えずに持続していたので、団塊の世代は就職の関門は難なくクリアーすることができた。

しかしその後に遭遇した石油ショックで、日本の経済は停滞することになる。為替が変動相場制に移行し、石油の高騰も持続したままで、日本経済の先行きにも暗雲がたちこめている。そういう状態のまま、このカタマリの世代が課長や部長を目指すということになれば、極端な過当競争になることは間違いない。

豊田は自分自身の未来にも、大きな危機があることを直観した。

このテーマは話題を呼ぶだろう。とくにそのカタマリの世代が、自分たちの将来の問題として、真剣に受け止めてくれるはずだ。

豊田は堺屋太一の提案に賛同し、このカタマリの世代の未来予測というテーマで、原稿を依頼することになった。面白そうなテーマだから、一刻も早く連載を開始し、単行本を世に問いたかった。

堺屋太一としても、役所の規程で、長期的な連載はできない。短期集中連載ということで話は決まった。

豊田は週刊誌で実績を積み上げて月刊誌に招かれたのであり、副編集長でもあったから、自分の一存で企画を立てることができた。深田祐介も堺屋太一も無名の作家であったが、豊田が提案すれば、編集長も信頼して認めてくれた。

残念ながら『新西洋事情』の方は、出版部が認めなかったので、単行本を出すことはできなかったのだが、それは豊田の管轄外であった。講談社のような大きな出版社は、単行本の編集部と、雑誌の編集部は、まったく別の組織になっていた。

ただし、堺屋太一の場合は、正体の知れない覆面作家ではあっても、『油断！』が大ベストセラーになったという実績があり、覆面作家の第二弾ということだけでも充分に話題を呼ぶことがわかっていたので、最初から単行本の出版が決まっていた。出版を前提とした短期集中連載であった。

まだタイトルは決まっていない。人口のカタマリがあるという認識があるだけだ。それまでこの世代は、ベビーブーム世代と呼ばれることが多かった。自分たちの世代の人数が多いことは、すし詰め校舎や厳しい受験戦争を通じて、当の世代の人々は実感として体験していたのだが、自分たちの未来がどうなるかといったことまでは、誰も考えていない。

この世代はまた、全共闘世代と呼ばれていた。ベトナム戦争に対する反戦平和運動や、学園紛争と呼ばれる個別の大学での闘争などを通じて、組織を作って学生運動をやった世代である。世界の平和を考えたり、この国をよくするために闘うというのは、戦争で苦しんでいる人や、貧困にあえぐ人を助けるということだ。言ってみれば自分がある程度、安定した場所にいて、やや高い地点から、自分よりも困難な状況にいる人々を助けるという発想でもあった。

当の自分たちの未来に大きな危機があるなどということは、この世代の人々は誰も考えていなかったのである。

小説『団塊の世代』は四つの物語で構成されている。第一話が執筆を開始した時点（七五年）から六〜七年後という想定で、それから数年ごとに第二話、第三話、と展開され、最後の第四話は九〇年代末ということになる。いまは二十一世紀であるから、すべての年代はもはや過去となっているのだが、七五年（単行本の出版は七六年）に構想された堺屋太一の未来予測が、驚くほどに当たっていることがわかる。

第一話は業績不振に陥った中堅家電メーカーが、経営の多角化を目指してコンビニエンスストアのチェーンを作ろうとする話である。第二話は業績を縮小する自動車メーカーの跡地利用の話。第三話は金融機関のリストラの話。そして第四話は年金や福祉予算の増大に苦慮する財務官僚の話。

こうして四つの話を見ていけば、すべてが当たっている。しかも堺屋太一が作品の構想を練っていた七五年の時点では、江東区あたりにようやくセブン・イレブンの一号店ができたくらいで、世の中の人々はコンビニというもの自体を知らなかった。自動車メーカーが規模を縮小するなど、誰も考えなかった。護送船団方式で守られている銀行が経営危機に陥ることはあり得ないと誰もが信じていた。

そして年金と福祉。これは団塊の世代が定年を迎える頃になって、ようやくマスコミが騒ぎ始めたのだが、当時の政治家や官僚は、団塊の世代が納付した年金を湯水のように浪費して、怪しいリゾート開発等に注ぎ込んでいたのである。

これは『油断!』とは反対に、よく当たった予測小説なのだが、当たったということは、この作品で堺屋太一が警鐘を鳴らしたにもかかわらず、世の中は動かなかったことを意味している。団塊の世代の問題は、それくらい根が深いということなのだが、堺屋太一が描いた悲観的な未来予測が、当時の人々の想像を絶していたということもあるだろう。

『油断!』の場合は、小規模な石油危機を世の中の人々が体験していたために、リアルな問題として受け止められたのに対し、『団塊の世代』で提出された未来予測は、まさかそんなことにはならないだろうと、多くの人々が本気で受け止めなかったのである。

悲観的な未来予測に対しては、誰もが目をつぶりたくなったということだろう。先のことはなるべく考えず、目先のことだけを考えていれば、とにかく頑張って働くことができる。そうやって、未来から目をそらして、団塊の世代は今日に到ったのである。

民間企業のサラリーマンなら、そういう生き方もあっていいのかもしれないが、対策を考えるべき政治家や官僚までが、堺屋太一の未来予測には目をつぶっていた。そのツケがいま、この国の屋台骨を揺るがそうとしている。堺屋太一の予言は、すべて当たっていたのである。

そのことは次章で改めて検討することとして、『団塊の世代』執筆当時の時代に話を戻そう。この作品は大ヒットとなった。それはまぎれもない事実である。団塊の世代の存在が、大きな問題であることは理解され、そして、この「団塊の世代」という言葉は流行語となり、さらに『広辞苑』にも収録される一般的な用語として定着することになった。

団塊というのは、それまでは一種の学術用語であった。地層の中に金属などの地下資源が、層状、あるいは楕円状に存在している状態を指し、たとえば「マンガン団塊」などと呼ばれる。

鉱山石炭局に在籍していた当時、堺屋太一は地下資源に関する調査報告に目を通していたから、この言葉とは日常的に接していた。終戦直後のベビーブームで生まれた世代が、人間のカタマリとなっていることを表現するのに、ごく自然にこの言葉を遣ったということだろう。だが、一般にはまったく聞き慣れない言葉である。

担当編集者の豊田自身、こんな言葉は知らなかった。

連載開始までには、半年近くの準備期間があった。その間、豊田は頻繁に堺屋太一と会って打ち合わせをした。二人とも生活が夜型で、午後の遅い時間に出勤する。夕方、職場を抜け出して、夕食をともにしたり、軽く飲んだりする。それからまた、互いの職場に帰って仕事をする、といった感じで、そのつど、作品の構想について話を聞いていた。

ただタイトルは最後まで決まらなかった。

本来なら、編集者が作家のところに原稿を受け取りに行くのだが、最初の原稿は締切ぎりぎりになった。堺屋太一は明け方まで自宅で原稿を整理していた。豊田も深夜まで会社で仕事をしているのだが、夜明け前にはタクシーで自宅に帰る。そのあとで、原稿を書き上げた堺屋太一は、徒歩で講談社まで原稿を届けた。

堺屋太一の自宅は講談社のすぐ近くだから、それ以後も、作家の方が講談社に原稿を届けることが多かった。

豊田は午後になってから出勤する。届いていた原稿（通産省の大判封筒に入っていたという）をただちに読んだ。

いきなり「コンビニエンスストア」という言葉が飛び出してくる第一話の冒頭部分は新鮮だった。まだコンビニなど、人の目につくような場所にはない時代（江東区には実験店があった）であるから、どんな店なのかはわからないが、作品の中では、保存食品や日用雑貨などを置いた小規模な店舗であると説明されていた。

そういう店があれば、まさに便利だと思ったが、テーマはコンビニそのものではなく、最終的に店長になっていた団塊の世代のサラリーマンが、不振の店を退職金で買わされてリストラされるというところにある。

切実なテーマだと思ったし、ドルショック、石油ショックのあとだから、中堅メーカーが業績不振に陥るという状況にもリアリティーがあった。

だが、原稿を貰った段階でも、タイトルは未定であった。

原稿には「与機待果」という第一話のタイトルはあるが、連載の通しの『タイトル』が書かれていない。

原稿を印刷所に入稿したあと、通産省に電話をかけて、堺屋太一を呼び出した。

表紙や目次の印刷、広告の出稿などがあるから、すぐにタイトルを決めないといけない。

最終的に、電話口の向こうから、「団塊の世代」という提案が聞こえた。

ダンカイ、などと言われても、どんな漢字なのかもわからなかった。

団体の団に、カタマリ、という説明を受けて、「団塊」という文字はわかったが、これでは一般の人々は読めないだろう。実際に、そのタイトルで連載を始めても、「ダンコン」などと読む人が多かった。

読めないようなタイトルでは、読者はついてこないだろう。そんな懸念があったが、一方では、意味不明の言葉だからこそ、インパクトがある、という気もした。前例のない未来予測小説だから、タイトルが風変わりなものでもいいのではと思い直した。

「あっ、いいですね。面白いかもしれない」

豊田はとっさに、そう答えていた。

「それでいきましょう」

豊田はただちに、そのタイトルを編集長に告げた。編集長もよくわからなかったはずだが、オーケーが出た。タイトルだけでは意味不明だから、編集長が難色を示すことも予想できたが、まったく反対はされなかった。そこには豊田のそれまでの実績がある。これまで多くのヒットを出してきた豊田の直観に、編集長も賭けたのだ。

そのようにして、「団塊の世代」という言葉は世に出て、一人歩きを始めることになった。

同時に、堺屋太一のプロの作家としての人生が始まったのである。

最初の作品である『油断！』は、いわば偶発的に書かれた小説であった。しかし、依頼を受けて初めて連載小説を書き、これもまたベストセラーになったという体験が、堺屋太一が本格的な作家として活動を始める、人生の大きな転機となったことは間違いない。

一つくらいのヒットなら、ビギナーズラックということもあるのだが、二度までもベストセラーを出すということで、堺屋太一自身、大きな手応えを得たはずである。

そのきっかけを与えたのは、まぎれもなく、匿名作家の正体を突き止めて原稿を依頼した編集者であった。

豊田利男。この人物との出会いがなければ、『団塊の世代』という作品が書かれることもなく、堺屋太一が専業の作家となることもなかったかもしれない。

この幸運な出会いは、堺屋太一の人生を変えただけでなく、この日本という国にとっても、大きな出来事であった。「団塊の世代」という言葉は、当の団塊の世代の人々に、自分たちがいかなる存在であるかを自覚させ、また団塊の世代が定年を迎え、さらには老後を迎える時代の困難さを、的確に世の中に訴えかけるキーワードとして、いまも、これからも使用され続けることだろう。

第十章　先送りされた『団塊の世代』の未来予測

堺屋太一の未来予測の本質とは何だろうか。

ここでは改めて『団塊の世代』という作品を検証し、その着眼の卓越した魅力について確認したい。

この作品は、未来を予測した小説である。その予測の根拠を探りながら、予測が当たった理由を探りたい。しかしこの作品でも、当たっていない部分がある。なぜ当たらなかったかを検証することも重要である。実は当たっていないのではなく、何らかの理由で、結果が先送りされている場合もある。つまり、この作品で指摘された未来予測が、現在の時点のわたしたちにとっても、将来を予言する警鐘となっている場合もあるのだ。

いずれにしろ、この作品が予測しているのは、二十世紀末までである。すでに二十一世紀に突入している現時点から振り返れば、この作品の世界はすべて過去となっている。だから、予測が当たっているかどうかは、わたしたちにとっては明確である。この作品で予測されたことと、現実に起こったことを比較して検証することが、この作品を読む楽しみでもある。この作品は現在でも文庫本（文春文庫）で入手できる。

とにかく、この作品の細部を検証してみよう。

第一話は八〇年代前半である。ここでは業績が低迷する中堅電器メーカーが、経営の多角化を求めて新規事業に取り組む話である。主人公の団塊の世代は三十代の後半、まさに働き盛りになっている。

ここでまず注目されるのは、この電器メーカーの主力商品が、音響機器であるという点だ。要するに、ステレオのコンポや、カーステレオのメーカーだということだ。音響機器というものは、まさに団塊の世代が支えた商品であるといっていい。団塊の世代は、ビートルズ世代でもある。

アルバイトで稼いだり、就職してボーナスを貰ったりした時に、まず購入したのが、巨大なスピーカーを備えたセパレートのステレオセットであったし、中古車を購入しても、カーステレオだけは最新式のものを取り付けるというのが、ビートルズ世代の特質であった。

巨大なカタマリである団塊の世代が、音響機器を購入したので、メーカーは大量生産によるスケールメリットで利潤を得る。ただ競争が激しいので、アンプやスピーカーの性能アップが進み、4チャンネルステレオなどという革新的な技術も開発された。それが国際的な競争力を産むことになって、輸出にも有利に働いた。

だが、団塊の世代が中年化することによって、音響機器の需要も一気にダウンすることになる。この第一部の主人公も、入社直後は、会社の業績も好調で、いい会社に入ったという実感をもっていた。しかも同期入社の中でも、トップを切って出世していた主人公は、まさに順風満帆といってよかった。しかし、自分自身が中年になるのと呼応して、会社の業績も悪化の一途をたどることになる。

業績の回復を図るために、会社は団塊の世代の中堅社員を、販売店の強化のために地方に赴任させる。しかしかつて社長秘書を務めたこともある主人公は、比較的短期間で本社に呼び戻され、多角経営のための新業種への進出という課題を与えられる。

このあたりの展開は、ほとんど一〇〇パーセント当たっているといっていい。実際に、当時絶好調だった音響機器メーカーは、大手メーカーと提携したり、パソコン事業に転進したり、何らかの再編を迫られることになった。

企業が多角化を目指すのは、本来はリスクヘッジのためだ。輸出が主力のメーカーが、円高による影響を緩和するために、円高になればメリットの出る輸入品の販売を手がけるなど、スタンスの幅を拡げることで経営を安定させようとする。ところが、堺屋太一が予測したのは、余剰人員となった団塊の世代対策としての多角化なのだ。

団塊の世代という巨大なカタマリが、ピラミッド状の組織の底辺を支えている間は、企業の業績は安定している。年功序列の賃金体系のもっとも低賃金の層がカタマリになっているのだから、多少の円高があっても、労働コストが負担になることはなかった。ところがこのカタマリの世代が四十歳になろうとしている。賃金体系の中くらいのところにカタマリができているので、労働コストが年ごとに負担になっていく。

それだけではなく、日本の伝統的な年功序列の体制を維持していくためには、四十歳になった社員を、中間管理職のポストに就けなければならない。ところが団塊の世代の下の世代は、急速に人数が減っている。世代の人数が少ないだけでなく、石油ショックや円高の影響で、企業が求人を控えたこともあって、どの企業でも、団塊の世代の年代の社員だけが、中ぶくれ状態になっているのだ。

経営の多角化というのは、ふくらんだ団塊の世代のリストラという意味合いが強い。新たな業種に参入すれば、子会社ができる。そこに余った団塊の世代を押し込めば、親会社は延命できる。

ここでさらに注目されるのは、多角化の方策として、団塊の世代の主人公が、コンビニエンスストアのチェーンという、新事業に巻き込まれていく点である。

堺屋太一が執筆している時点では、現在のコンビニのようなものは存在していない。のちにコンビニの元祖といわれるようになるいくつかの小店舗が地方に作られたことはあったし、セブン・イレブンの一号店もできてはいたが、現在のコンビニとはまったく違うものであった。

堺屋太一自身、外国の雑誌でコンビニエンスストアというものがあることは知っていたが、この小説で描かれたコンビニの構想は、堺屋太一の予測によって作られたイメージである。小店舗であること。近辺の住民の日常生活に必要な、まさにコンビニエンス（便利）な小雑貨や食品が置かれている。ここまでは現在のコンビニに通じるところがある。

ただ小説の中では、業績悪化に陥った音響機器メーカーの多角経営という発想から生じたプランということになっているので、音響機器メーカーとの臍の緒のようなものが残っている。すなわちコンビニ店舗での家電の通信販売の受付や、簡単な修理などができるということになっている。

この臍の緒のようなものが、計画通りにいかなかったことと、雑貨の品揃えなどにも素人商法の弱点が出て、結局、このコンビニ事業は、かえって親会社の足を引っぱることになってしまう。

そして、このプランを立てた主人公は、責任をとるかたちでいくつかできたチェーン店の一つに店長として赴任することになり、最終的には退職金とローンでその店舗を買わされてしまうのである。つまり、その店のオーナーになるわけだが、それは結果として、親会社からクビにされるということにほかならない。

この小説のポイントはそこにある。多角経営でチェーン店を作るというのは、結果としては、余剰の中間管理職の切り捨てに格好の口実を与え、まるで要らなくなった社員をゴミとして捨てるような、団塊の世代の廃棄処分場のようなものになっていくのである。

この小説では、コンビニという新業種への進出は失敗に終わることになっている。この失敗の要因は、親会社との関係を断ち切れなかった点と、チェーン店化による大量仕入れで利益を出すというコンセプトに甘さがあったからだろう。実際のセブン・イレブンも、当初は在庫の山をかかえて苦労することになった。

現実のコンビニが成功したのは、弁当やおでんなどの食品の投入と、在庫を調整し売れ筋商品の傾向を分析するなど、コンピュータによるデータ処理が可能になったからである。この小説の狙いは、団塊の世代が遭遇するであろう困難を描くことにあるので、コンビニという業種については、やや悲観的な予測になっているのもやむをえないことだろう。

この『団塊の世代』という作品は、さらにわかりやすくいえば、「団塊の世代の悲劇」とか、「団塊の世代の哀れな末路」といった内容になっている。もっとも最初からこんなタイトルでは、本は売れなかったかもしれない。

しかも、この作品に収録されている四つの物語で、さまざまな悲劇に遭遇する主人公は、いずれも一流の大学を卒業して一流の企業に就職した、いわゆるエリート社員に限られている。堺屋太一はプロレタリア文学の作家ではないので、底辺の庶民といった人々よりも、世代のトップを駆け抜けるような、上昇志向の強いエリート社員に、作品のフォーカスを合わせている。

エリート社員というのは、それなりに努力をした人々である。努力の結果、有名大学を卒業し、一流企業に就職し、同期入社の中でも先頭をきって出世街道を突っ走ってきた人々なのだ。努力するというのは、団塊の世代の特質でもある。何しろ人数の多い世代だから、高校入試も大学入試も、狭き門をくぐることになる。激しい競争にさらされながら、その中を努力によって勝ち残ってきた人々がエリート社員なのだ。

団塊の世代より以前の世代なら、人数が少ない上に、大学への進学率も低かったから、一流企業に就職しさえすれば、順調に年功序列の階段を昇っていくことになる。

ところが団塊の世代は、そういうわけにいかない。厳しい受験戦争に勝ち抜き、就職試験の関門を突破してエリート社員となっても、その先にはさらに厳しい淘汰が待ち受けているのだ。

第二話を見てみよう。ここでは中堅自動車メーカーが舞台だ。大手二大メーカー（おそらくトヨタと日産だろう）と比べれば弱小の自動車メーカーで、経営陣が保守的でアジアへの工場進出が進まず、二大メーカーとの差が開く一方という、社内に欲求不満がたまっているような状況である。

時代は八〇年代末から九〇年。大卒の団塊の世代は入社二十年を過ぎ、四十歳代に突入しようという、まさに働き盛りである。

しかしここに来て、自動車産業は大きな壁にぶつかっている。円高が果てしなく続き、輸出が不振に陥っている。内需を支えてきた団塊の世代も、若い頃のように次々と新車を買い換えるわけにはいかなくなっている。年功序列の賃金体系で、収入は増えているが、住宅ローンや子供の学費などで、自由に使える可処分所得が減っている。しかも、中間管理職となった団塊の世代の賃金が、経営を大きく圧迫し始めている。

この作品が書かれた時点では、自動車産業は順風満帆であった。従って、自動車メーカーが業績不振に陥るなど、誰も予測しない状況であったが、円高が進むことと、内需を支えていた団塊の世代が中年化することは、予測などというものではなく、必然的なものと考えなければならない。

小説では、業績不振に陥った自動車メーカーを金融機関が支えるという設定になっている。円高が進んで産業界全体が守りの態勢になっている。設備投資をする企業が少なくなって、金融機関には資金が余っている。銀行としても、余った資金を何かに使わなければならない。そこで傾きかけた自動車メーカーに資金を投入し、さらに経営陣にも人材を送り込んで、経営のてこ入れを試みることになる。

主人公と同期入社の団塊の世代は、三分の一が関連企業に出向させられる。主人公は本社に残ることができたのだが、全社員に自動車販売のノルマが課せられ、結局、自分で値引き分を負担するなど、経済的にも損失を受けることになる。

やがて、関東工場跡地売却という問題が起こる。業務縮小のため、主力工場を閉鎖して売却するという方針が打ち出される。

主人公の上司の総務部次長は売却に反対している。一部に残っている施設の撤去費用などを考えれば、売却益はわずかでしかない。むしろ使える施設は残し、それ以外の土地も社内で有効活用すべきだという次長のプランに、主人公も賛成し、若手社員も引き込んで、売却反対に向けて動きだす。

しかし結局、工場跡地は売却され、次長は退職し、主人公は子会社に左遷される。第一話と同様、第二話も、団塊の世代にとっては悲劇的な結末となる。

この工場跡地売却のエピソードは、東京都内の広大な土地、という設定で話が展開されている。おそらくこの時、堺屋太一の念頭にあったのは、一九六六年に日産に吸収合併されたプリンス自動車工業の事例だろう。プリンスは「スカイライン」という名車で業績を伸ばしたメーカーだが、エンジン性能を重視したスポーツ車や高級車に車種を限定し、売れ筋の大衆車をもたなかったことから、業績不振に陥り、吸収合併されることになった。

「スカイライン」は現在でも日産の主力車種だが、それよりも印象的なのは、このメーカーが都内の武蔵村山に広大な工場を有していたことだった。これはそのまま日産の主力工場になったのだが、その後、カルロス・ゴーンによる大規模なリストラによって閉鎖、売却され、現在は巨大なショッピングセンターになっている。

この村山工場の閉鎖と跡地売却は、二十一世紀になってからだが、多少の時間的ずれがあっても、堺屋太一の予測は見事に当たったことになる。

この第二話のもう一つのポイントは、銀行が金余り状態になっているということだ。実際にもそういう状況となり、余った資金が土地に投入された結果、想像を絶する地価の高騰と、その後のバブル崩壊という状態になり、さらには金融機関のリストラという、想定外の事態に拡大していくのだが、その金融機関の危機を見事に言い当てたのが、第三話である。

時代は九〇年代半ば、団塊の世代も四十歳代の後半になっている。ミドル・エイジといえば聞こえがいいが、持ち家のローンがずっしりとのしかかっている上に、子供が高校、予備校、大学に進んで、学費がかかる時期に差し掛かっている。年功序列の賃金体系だから、この世代に支払われる賃金が、企業経営にとっても重荷になっている。

物語の舞台は金融機関である。銀行にとっては、長く苦しい時代が続いている。円高が長く続き、企業の投資意欲は低い。高度経済成長の時代のように、設備投資をすれば必ず業績が上がるという時代ではない。銀行に資金を借りに来るのは、業績不振の企業ばかりだ。そういうところに、銀行は人材を投入して、業績の回復を図ろうとしているように見えるのだが、実際は余剰の中高年をリストラするために、人材を押し付けているにすぎない。

人材を押し付ければ、その企業に見返りとして融資をしなければならず、かえってコストがかさむ。さらに、一般の企業でも、可能な限りリストラをしているので、銀行から押し付けられた人材は大きな負担になる。だから、より大きな融資の見返りがなければ、人材を受け入れてくれない。結局のところ、人材を押し付ける企業も底をついて、銀行の中には行き場のない団塊の世代があふれているという状態になる。

最終的に、この第三話の主人公は、デパートに派遣される。そこでは、商品を包装紙で包むという、慣れない不毛なトレーニングを積まされたあとで、外回りの営業に回され、しかもきわめて低い基本給の上に歩合制という過酷なシステムで、収入も大幅ダウンという、悲惨な状況になる。

これもこの本が世に出た時代には、信じがたい未来である。護送船団方式で守られた金融機関がピンチになるなどということは、誰も想像しなかった。しかしこの予測も見事に当たることになる。小説では九〇年代半ばということになっているが、数年後というわずかなタイムラグのあとで、銀行や証券会社が次々と破綻するという、驚くべき事態が現実のものとなる。

破綻した金融機関からは、大量の失業者が生み出され、さらに金融機関の合併が相次ぎ、そこでも過酷なリストラが実施されることとなった。

第四話は、官僚が主人公となっている。時代はまさに二〇〇〇年。団塊の世代もすでに五十歳を過ぎている。この年になっても持ち家が得られないまま、狭い公務員宿舎に住む、うだつの上がらない人物である。

総理府参事官というのが、主人公の役職である。団塊の世代であるがゆえに、上級のポストが不足し、人公が格別に無能だったということではない。団塊の世代であるがゆえに、上級のポストが不足し、出世がストップしているのだ。これは民間企業でも起こっていることである。

この第四話では格別のドラマが起こるわけではない。主人公は職務上、この国の未来について考えなければならない。円高と石油不足は二十一世紀になっても持続している。長く続く不況で国の経済は停滞している。だがそんなことよりも、もっと大きな問題に国は直面している。団塊の世代の高齢化である。

年金制度や医療保険などが破綻寸前になっている。これは団塊の世代という巨大なカタマリが存在することから起こる問題で、そのカタマリの存在は、彼らが子供だった頃からわかっていたことであるが、政府は抜本的な対策をとらなかった。

問題は山積している。年金制度や医療保険だけではない。農業従事者の高齢化、老人ホームの不足、介護施設や病院の不足など、福祉政策が完全に行き詰まっている。国の財政が行き詰まっている現在、公務員の退職金が払えないのではという危機も目の前に迫っている。

この第四話で、最大のドラマといえるのは、こうした団塊の世代の高齢化の問題が、主人公であるエリート官僚自身に降りかかってくることだ。一流大学を出て、エリート官僚として休みなく働いてきたのに、いまだに公務員宿舎に住んでいる。このまま退職すれば住むところがなくなり、しかも退職金も出ないとなれば、路頭に迷うことになる。しかも年金制度も医療制度も破綻し、病院や老人ホームも不足している。

団塊の世代の絶望的な未来が提示される。その責任の一端は、エリート官僚であった主人公にもあるはずだが、そのつけが、本人に回ってくるというところが、この作品の皮肉な結末なのである。そしてこうした未来は、読者であるすべての団塊の世代の行く手にも待ちかまえていることになる。

わたしは団塊の世代の一員として、この未来予測には、暗澹とした気分になるしかない。団塊の世代のエリートたちが、他の世代の人々と比べて、能力が劣っているとか、努力が不足しているということではない。同じように能力をみがき、努力を続けているにもかかわらず、団塊の世代は子供の頃から厳しい競争にさらされ、中高年になればリストラされ、定年後にも年金や医療保険の破綻など、哀れな末路が待ち受けているだけなのだ。

これは団塊の世代の責任ではない。不幸なことに、人数の多い世代にたまたま生まれついたというだけのことなのだ。

堺屋太一の未来予測は正確で、きわめて論理的だ。論理的という意味は、具体的なデータをもとにした諸条件を示した上で、だからこうなるという推論を展開する。この理詰めの推論は、堺屋太一の歴史小説でも駆使されている。歴史小説の場合は、結果はわかっている。初期条件の周辺を徹底的に調査して、有効なデータを集める。そのデータを組み合わせて、結果に適合するような推論ができないか。これが発想の原点である。

ある程度のデータと、そこから生み出される論理的な展開があれば、いまだ発見されていないデータを推定して、ジグソーパズルの最後のピースをはめこむように、論理を完成させることができる。そう考えてみると、堺屋太一の未来予測小説と、歴史小説とは、同じ手法で書かれていることがわかる。

ただし、未来予測小説の場合は、年月が経過すれば、その予測が当たっているかどうかを検証することができる。わたしたちはすでに、手塚治虫の『鉄腕アトム』が生まれた年代を過ぎてしまっているのだが、残念ながら、アトムのようなロボットは出現していない。未来小説は、そのように、いつか賞味期限が切れてしまう可能性をはらんでいる。

ところが、『団塊の世代』という未来予測小説に限って言えば、そこで描かれている未来の年代が、すでに過去のものになっているにもかかわらず、いまだに賞味期限は切れていない。なぜかといえば、堺屋太一の予言は少し先送りされただけで、やがては現実のものとなる可能性を秘めているからだ。

堺屋太一が『団塊の世代』という作品で予言した未来は、現実の推移と比べて、いささか悲劇的すぎるようにも見える。しかしそれは、いくつかの要因によって、悲劇の到来が先送りされているだけのことなのだ。その要因を、わたしなりに列挙してみよう。

自動車メーカーについていえば、アメリカやヨーロッパでの現地生産が軌道に乗ったことが、円高にもかかわらず、企業の収益を維持し続ける要因になっている。この作品が書かれた七〇年代のアメリカといえば、労働組合の力が強く、賃金が高いだけでなく、仕事の内容の変更や配置転換も認めない労働組合の強硬な要求によって、労使の関係が硬直していた。

このような労働組合の優位は、安価な日本製品の流入によって、崩壊した。アメリカに進出したトヨタなどの工場が、労使の協調という新たなビジョンを打ち出したことや、外国からの労働力の流入が持続的に起こって、労使の力関係が変わったこともある。簡単にいえば、アメリカの労働コストが安くなったのだ。

ヨーロッパでは、東欧諸国の民主化によって、労働力の移動が可能となった。その結果、労働コストが下がることになる。そして、中国の経済自由化がやや遅れて実現した。すでに家電製品などはアジアへの工場移転を実現していたのだが、中国が開放されたことで、さまざまな業種の企業が中国に進出したり、中国企業と提携することになった。その結果、日本国内の設備投資は停滞し、企業の倒産やリストラによって、労働力が過剰となる。当然、労働者の賃金は下降することになる。

さまざまな規制緩和が進むことになり、特殊技能をもった労働者に限っては、外国人労働者や派遣社員を受け入れるようになった。やがてこれが単純労働者にも拡大されることになって、日本国内の労働コストも大幅に下がった。中小企業は倒産していくが、大企業は生き残る。そのぶんだけ、日本経済は延命することになる。

その過程では、中小企業の倒産だけでなく、大企業の再編や吸収合併が相次ぎ、中高年の労働者が路頭に迷うということもあった。だがそれは、全体から見れば一部にすぎず、多くの団塊の世代は、何とか定年まで、大企業というバリアーの中で生き続けることができた。

しかしそれは、若い世代の労働者を派遣社員やフリーターとして酷使することによって実現できた、見せかけの延命にすぎない。退職金は貰えそうだが、息子は就職できずにフリーターという、不安をかかえたままの団塊の世代も少なくない。そして、年金制度の崩壊、医療保険の行き詰まりも、現実のものとなろうとしている。

こうした問題が顕在化したのが、堺屋太一の予測より少し遅れたのは、赤字国債の乱発で、国家財政の破綻を先延ばしにしてきただけのことで、その意味では、堺屋太一が『団塊の世代』で鳴らした警鐘は、いかなる解決策も出されることなく、未来に先送りされただけのことなのだ。

団塊の世代の悲劇は、これから起こるといってもいい。そしてそれは、団塊の世代の問題にとどまることなく、あとから続く若い世代にも、大きな負担としてのしかかっていく。日本は欧米先進国と肩を並べた状態から、福祉や文化の貧困な、二流、三流の国に後退していく可能性も、視野の中に入れなくてはならない事態となっている。

堺屋太一自身が語るように、『油断！』は予測が当たらなかったが、それゆえに成功した小説であった。『団塊の世代』の場合は、多少のタイムラグはあるものの、予測はことごとく当たっている。しかしそれは、堺屋太一が世の中に警鐘を鳴らし、小説の中で訴えた問題提起が、読者に充分に伝わらなかったことを意味している。

むろん、小説にできることには限りがある。それにしても、歴代の首相や官僚が、もう少し真剣にこの小説を読んでくれていたらと、わたしは団塊の世代の一員として、痛恨の思いを抱かずにはいられない。

第十一章　幼き夢に生きる

すでに作家としての堺屋太一は、メジャーな存在になっていた。『油断！』に続いて、雑誌連載ののちに大ヒットとなった『団塊の世代』で、堺屋太一は作家としての地位を確立した。堺屋太一というのはペンネームではあるが、政財界の要人を招いた結婚披露宴の引き出物として、夫人が表紙デザインを担当したこの本が配られているのだから、この匿名作家の正体は、世間に認知されているといってよかった。

当然、通産省内の風当たりは強くなる。だが、堺屋太一は平然としていた。

入省以来、十八年の年月が経過していた。その間、何度辞職勧告を受けたか、数え切れないほどである。そのピークは、入省直後の、大阪万博実現のためにたった一人で活動していた時期だった。当時はまだ組織の末端の若手官僚だったから、辞職勧告のプレッシャーはもっと強かった。それでも堺屋太一は平然としていた。いまは四十歳を過ぎて、サンシャイン計画というプロジェクトの中枢にいる。時間も自由になる。通産省を辞めるつもりはなかった。

しかしこの頃、すでに堺屋太一の胸の内には、歴史小説を書きたいという思いが芽生えていたようだ。

歴史にはもともと興味があった。これは父の影響かもしれない。弁護士の父は歴史に詳しく、家には歴史の本もあった。母に連れられて歌舞伎などを見ていたから、戦国時代や忠臣蔵などのイメージを、幼い頃からもっていた。

二つの未来予測小説を書いて、同じシミュレーションの手法で、歴史をリアルに解き明かすことができるのではという着想を、この頃から持っていたのだろう。もちろん、大ベストセラーを二つも出して、小説家という職業が、サラリーマンとは比べものにならないほどの収入を得るということも、実体験として認識した。専業作家へ転進する準備は、すでにできていたといっていい。

堺屋太一は官僚としての自分の能力を信頼していたし、つねにベストを尽くしてきたという自負もあった。それに、この仕事をこなすコツのようなものもつかんでいた。

官僚の仕事は、関連する業界との接触と、縦割行政の横のつながりをもつことで、要するに人間関係である。そこでは、アイデアを出すことも重要だが、何よりも熱意を見せることと、当該テーマに関する知識をもっていることを示すことだ。

たとえば新たな事業を始めようとする時には、関連する法令を熟知していなければならない。その時に、こんな法令があるはずだ、といったことを漠然と指摘するのではなく、法律の文言と、第何条か、という数字まできっちりと暗記して、ズバッと言いきると、相手は驚く。この分野に関しては、相当な知識をもった官僚であると、評価され、一目置かれることになる。

第何条、という数字を憶えるのは、実は一夜漬けであったりする。暗記するのは楽ではないが、大学の受験勉強のことを思えば大したことではない。そんな手間さえ惜しまなければ、有能な官僚として相手もちゃんと話を聞いてくれるようになる。

沖縄万博やサンシャイン計画に関わるようになってからは、時間も自由に使えるようになったのだが、それ以前は、朝も遅刻せずに出勤した。約束の時間は必ず守る。とくに嵐や交通ストの時にこそ、時間を正確に守って、熱意を示す。そういったポイントを押さえておけば、官僚の仕事は着実に果たすことができる。

通産官僚でありながら、小説も書くという、いわゆる二足の草鞋も、堺屋太一は苦労と感じていなかったし、官僚としての仕事は人並み以上に果たしていると自信をもっていた。

しかし、四十歳を過ぎたこの時期になると、さすがに同期入省の仲間の中で、最先端を走っているとは思えなくなった。サンシャイン計画というのは、重要な仕事ではあるが、通産省のピラミッド形の組織の中枢であるとは言いがたい。事務次官という、官僚の最高のポストを目指す出世レースの中では、トップランナーではないという自覚はあったはずだ。

そういう時に、転機が訪れた。政界への転身を打診されたのだ。

当時は参議院に全国区というものがあった。いまは比例区というものがあって、政党ごとの得票数を競うシステムになっているが、当時の全国区は、完全に個人の闘いだった。そのため公明党や共産党は、全国をいくつかの地区に分けて、票割りをするといったことで、何人かの当選者を確保することになる。だが一方、全国的に知名度のあるタレントなどが有利になることもあった。

石原慎太郎、青島幸男、横山ノックといった、のちに東京都知事や大阪府知事になるタレント政治家も、この参議院全国区を足がかりとして政界にデビューすることになった。石原慎太郎は自民党から立候補したのだが、五〇万票くらいが当落のボーダーであった選挙に、一人で三〇〇万票以上も集めてしまった。これでは他の自民党候補者の票が減ってしまったのではないかと問題となった。現在の比例区は、そうした個人に票が集まりすぎる弊害を是正するために考案されたシステムだ。

何しろ、全国が一つの選挙区だから、地方に地盤をもっている知事や市長、県会議員などからステップアップした政治家では通用しない。そこへいくと官庁というのは、一定のパワーをもっていた。関連する業界が支援してくれれば、全国的に票を集めることができる。そのため各省に、一人か二人、立候補者を出すようにという指示が出された。

通産省からも一人、立候補を出すようにということになって、指名されたのが堺屋太一だった。大阪万博や沖縄海洋博を企画した人物であり、小説家でもあるということになれば、通産省と関係のある業界だけでなく、一般の人々の支持も得ることができる。そういった思惑で、堺屋太一が指名されたのだった。

これは堺屋太一にとっては、思いがけない事態であり、ひたすら当惑するしかなかった。確かに通産省の職務を体験した官僚が、政界に出ることには意義がある。これは上司の命令であるから、拒むことは難しい。だが、自身が政治家になるということには、気持が傾かなかった。

堺屋太一は通産省の一員として、誠実に職務を果たしてきた。大阪万博を開催したのも単に自分の夢を実現したということではない。関西の経済的な地盤沈下をくいとめるためという大義があった。『油断!』を発表したのも、鉱山石炭局での業務の延長で、石油不足が重大な危機をもたらすことを世に訴えるという大義のためであった。そのために私財を投じてシミュレーションをし、慣れない小説の執筆に取り組んだのだ。

すべては私欲を離れた、義のための努力であった。だが、その結果を踏まえて参議院選挙に立候補するとなると、その義のための努力を、自らの利益に結びつけることになる。結果としては、これまでの実績も、すべて自分が政治家になるための布石だったのだと、世の人々は見るようになる。それではこれまでの私欲を離れた無償の努力、ボランティア精神のようなものが、踏みにじられる気がした。

だが、上司の命令を拒むとなると、通産省に身を置くことはできない。これまでの辞職勧告には一切従わなかった堺屋太一であったが、今回ばかりは進退を考えることになった。選挙に立候補するためには、公務員を辞職する必要がある。その意味では、今回も一種の辞職勧告であった。ただし、これまでの辞職勧告は、独立行政法人や民間への天下りの斡旋であったり、単なる馘首の宣言であったり、エリート官僚の身分を剥奪しようとするものであった。今回はむしろ、官僚から国会議員への転身という、ステップアップの勧告であり、推薦であった。

エリート官僚の出世レースの行き着く先は事務次官である。これが役人としての最高位であった。省庁の最高権力者は、言うまでもなく大臣である。これは首相の指名によって、国会議員が就任することになる。次に政務次官というものがある。これも国会議員が指名される。現在では副大臣というポストが置かれているが、当時から、政務次官は大臣を輔佐し、時には代行する、副大臣に等しい地位と見なされていた。事務次官はその次にランクづけされることになる。

省庁出身の国会議員は、その省庁の専門家であるから、政務次官に起用される可能性が高く、そこで実績を残せば、大臣への道が開ける。エリート官僚にとって、政治家への転身は、むしろ事務次官というゴールの先まで進むチャンスであり、その意味では、未来が大きく開けることになる。また省庁から政治家を出すということは、その省庁の未来を切り開くという、組織の期待が寄せられることになる。

そうした重要な任務を拒否することは許されない。立候補を辞退するということは、通産省全体の期待に応えないということであり、そのまま通産省にとどまることはできないと、堺屋太一は決意を固めた。

辞表を提出した。すでに結婚していたから、したためた辞表を夫人に見せて、同意を求めることにした。最終決断の一ヶ月ほど前から、辞職の可能性を伝えてあったので、夫人は何も言わなかった。ただあとになって、辞表の中に誤字があったことを夫人は指摘した。当時の堺屋太一の役職は「研究開発官」というものだったが、その「研究」の「究」の字の下部の「九」が、「丸」になっていたというのだ。堺屋太一は、細かいことにはこだわらない人物なのである。

結婚後も画家として活躍されている夫人にとっても、政治家のような浮き沈みの激しい世界に夫が乗り出していくことには不安があったはずだから、辞表を出して通産省と縁を切るということに反対する理由はなかったようだ。

それから二十年後の一九九八年、小渕恵三内閣の時に、堺屋太一は経済企画庁長官（現在は内閣府特命担当大臣の経済財政担当にあたる）を務めることになる。当時の名称は長官だが、もちろん国務大臣が務める閣僚ポストである。

この時は、旧知の小渕首相から直接、電話がかかってきた。閣僚への就任を要請されて、堺屋太一は即答を避けた。夫人と相談しなければならないと答えると、夫人と相談すると必ず反対されるから、いますぐ決めてほしいと言われた。首相にそう言われては、承諾しないわけにはいかなかった。

民間からの登用であるから、選挙活動などはしなくていいが、多忙になることは間違いない。結局、小渕内閣で三期、森内閣で二期、閣僚を務めることになった。この時期はバブル崩壊後の「失われた十年」（この表現も堺屋太一が始めたものだ）の末期の最も困難な、どん底の状態であった。未曾有の経済危機に陥った日本を、小渕内閣はいまから振り返れば最も適切な対策で立ち直らせた。世界全体が「百年に一度」といわれる経済危機に遭遇しているいま、日本だけが比較的に安定した状況になっているのも、かつて一度「どん底」を味わった経験が活きているからで、その意味では当時の経済企画庁長官であった堺屋太一は、土俵際で日本を救った立役者であると言っていい。

作家で閣僚を務める人は珍しい。石原慎太郎のように、作家から政治家に転身した人はいるが、堺屋太一は専門的知識を評価されて民間から閣僚に起用されたのだから、まさに稀有のケースといえるだろう。

また経済企画庁長官を辞したあとも、内閣特別顧問を長く務めているし、大阪万博、沖縄海洋博の実績を買われて、セビリア万博日本館、大阪鶴見の国際花と緑の博覧会、愛知万博などにも関わることになった。それは小説家としてではなく、通産官僚や閣僚としての実績が評価されたからだろう。その意味でも、稀有の作家と言わねばならない。

さて、一九七八年に通産省を退職した堺屋太一は、作家として、旺盛な活動を始める。すでに退職前に、兼業作家として『危機と克服の断章』『ひび割れた虹』の二著を出していたが、専業作家となったのを機に、本格的な歴史小説の執筆を始めた。

まず最初に書いたのが、豊臣秀吉の側近で、関ヶ原合戦で西軍の将として敗北した石田三成の物語である。『巨いなる企て』という作品で、『サンデー毎日』に連載された。週刊誌への連載も初めての試みである。

これは堺屋太一にとっての最初の歴史小説であるが、すでに方法論も構想も充分に練られていたものと思われる。

太閤秀吉が亡くなってから関ヶ原合戦までの七百五十日の間、石田三成がどこで何をしていたか。これを徹底的に調べるところから、堺屋太一の歴史小説への挑戦が始まった。すると十日ほどの空白の他は、すべてきっちりと把握することができた。

たとえば増田長盛という人物がいる。賤ヶ岳の戦で手柄を立て、その後も文禄の役などで活躍して、豊臣家五奉行の一人に数えられるなど、西軍の重鎮である。この長盛は最初は徳川家康の側に接近していて、石田三成と大谷吉継の密談を家康に通報している。

ところがその五日後、長盛は家康批判の書状に署名している。その五日間に何が起こったか。最終的には毛利勢が西軍に加わることが明らかになったということが決め手になっている。その毛利の決断の裏には、安国寺恵瓊の暗躍があるはずだが、当時、近江にいたはずの安国寺恵瓊が何日で移動できたか。そういったことを実証的にチェックしていくと、当時の状況を正確にシミュレーションすることができる。

この結果、こうであったはずだという仮説を提出することができる。堺屋太一の歴史小説とは、まさに資料から得られる情報によって仮説を立て、さらに情報をつなぎあわせて仮説を実証する作業なのだ。これは従来にはなかった、まったく新しい方法論である。

堺屋太一の歴史小説には、いわゆる歴史ロマンといったものはないし、作者の恣意的な想像や空想は徹底的に排除されている。その上で、こうであったに違いないという、データに裏打ちされたストーリーが、読者の目の前に展開されるのだ。

こうした手法は、歴史ロマンなどには興味のなかった、経済人や一般のサラリーマンなど、従来は小説など読まなかった、新たな読者層を開拓することになった。ＮＨＫが二度にわたって大河ドラマの原作に堺屋太一の作品を求めたのも、こうした新たな読者層をターゲットにしたかったからだろう。

歴史小説作家として数多くの作品を書いている堺屋太一だが、同時に経済評論家としても重要な位置を占めているし、人生論のようなものでも信頼される識者として評価されている。

だが、堺屋太一の作家としての原点は、未来予測小説にあるといっていいだろう。この種の作品は、次から次へと書くわけにはいかないので、結果のわかっている歴史小説で実績を残すというのは、プロの作家としての賢明な戦略であったと思われるが、結果のわからない未来を予言することのスリルと、その結果が実現した時の喜びとは、作家としてだけでなく、堺屋太一の人生にとっても、生き甲斐といっていいものではないだろうか。

その意味では、堺屋太一は『油断!』『団塊の世代』に次ぐ、三番目の未来予測小説を書いている。平成九年から十年にかけて『朝日新聞』に連載された『平成三十年』という作品である。これはまさに、平成十年の時点で、二十年後の世界を予言した、堺屋太一のライフワークともいうべき作品である。

わたしがこの原稿を書いているのは、平成二十年である。堺屋太一の予言が当たっているかどうかは、十年後にならないと判明しないのだが、連載からすでに十年が経過した現在の状勢を見ても、堺屋太一の予言はかなり正確に、現在を言い当てているようなので、もしかしたら、『平成三十年』

で描かれた世界が、現実のものとなるかもしれない。

この作品では、たとえば消費税の増税が予言されている。これは現在ではまだ実現されていないけれども、年金や医療保険の維持のためには、消費税に頼らざるを得ないという論調が主流になりつつあるので、早晩、実現されることは間違いない。

もう一つの重要な予言は、経済の停滞による円安というもので、これは最近、円高に振れているので、当たっていないように見えるのだが、その円高は、むしろ突発的なドル安と見るべきで、ユーロとのレートを見れば、ここ数年でユーロは円に対して五割増しくらいに上昇している（つまり円安になっている）。韓国、中国、オーストラリア、ロシアなどの旅行客が、日本で贅沢な買い物をして帰るのを見ても、円が大幅に安くなっていることが見てとれる。

もっと恐ろしい予言がある。平成三十年には、地方の小都市から、あらゆる商店がなくなってしまうというものだ。これも平成二十年の現在、じわじわと進行しつつあることで、過疎地の村では、商店どころか、郵便局までなくなってしまう事態になっている。

そろそろこの本も、結びの段階にさしかかっている。これが歴史小説なら、主人公の晩年や、臨終のシーン、さらに没後の評価などを書き記して結びとすることになるのだが、堺屋さんは現在も活躍を継続中であるから、この本にも、結びというものはない。

そこで結びに代えて、この本をここまで書いてきたわたしの感想めいたもので、この本をしめくくることにしよう。

わたしはこの本を書くにあたって、何度か堺屋さんと面談し、長時間のインタビューに答えていただいた。

淀みなく語る人である。感情的な微妙な揺れのない、自信に満ちた語り口なので、ただ黙って聞いているだけでいい。こちらから質問しなくても、必要な情報が次から次へと出てくる。講演のうまい人に特有の、聞き手のニーズを先回りして、相手の興味に合わせて自在に語ることのできる、話術の天才であるといっていい。

人生のさまざまな局面において確実に実績を残してきた人なので、語られる内容だけを見れば自慢話が多いのだが、感情の揺れがないので、聞いていても自慢話とは感じられない。淡々と客観的な事実だけを述べるといった感じだ。冷静な判断と論理的な展開で、つねに説得力のある話が、巻物のように際限もなく溢れ出してくる。談話をそのまま筆記するだけで伝記小説ができてしまいそうだ。

堺屋太一は女子プロレス好きで知られている。自身も高校時代にボクシング部に所属して、大阪のチャンピオンになっている。格闘技は好きだが、勝負にこだわるというよりも、努力する人の姿を見るのが好きなのだろう。通産省時代も、作家になって以後も、試みることのすべてが成功しているように見えるのだが、そのことを誇るようなところが少しも見えない。

逆に、不遇であっても、くさることもなければ、他人を嫉妬することもない。そういう人ではないかと思う。いまでこそ堺屋太一は、大阪万博を発案し、実現にまでこぎつけた最大の功労者ということになっているが、当時は裏方の人間であり、準備が終わった段階で、まるでお払い箱にされるように、鉱山石炭局に異動させられた。しかしそのことを恨んだり嘆いたりすることもなく、与えられた鉱山石炭局の仕事に没頭している。

精神力の強い人であり、自分に自信をもっている人だから、そのようなことが可能なのだろう。けっして弱みは見せないし、弱みそのものがないと感じさせる、そういう人だ。それはある意味で、きわめてユニークな個性ではないかと思われる。

通常のサラリーマンのように、同僚と飲みにいって、上司の悪口を言ったり、愚痴を交わしたりといったことは、堺屋太一にはなかったようだ。つねに前向きで、孤独を恐れずに行動する人物だから、愚痴を言っているひまはないし、そもそも愚痴などといったものとは無縁の人だ。

従って、徒党を組むということがない。自分が立てた戦略に従って、人に働きかけ、頼みとすることはあるが、感情にかられて無力な人間がスクラムを組むといった行動とは、まったく対極にあるような人だ。

だから、通産省にいた頃も、作家になってからも、孤高の人、といった印象がある。まあ、作家にはそういう人が少なくないのだが、それでも多くの作家には感情の揺れがあって、調子に乗って自己顕示をしたり、時には酒に溺れて自虐的になったりもする。堺屋太一には、そういうところがまったくない。それが、堺屋太一の個性である。

この個性は、生まれつきのものであろう。あるいは豊臣秀吉の時代の木綿商人堺屋太一の遺伝子が、現代の堺屋太一にまで伝えられたのだろうか。父は弁護士ではあるが、小遣いの与え方などはきわめてユニークで、そのことでお金の大切さを息子に伝えたのだろう。その意味では、代々の関西商人のしつけによって、堺屋太一にも商人の伝統が伝えられたということになる。氏と育ちの両面から、堺屋太一の個性が形成されたのだろう。

孤高の人といってよい堺屋太一であるが、人の助けは受けている。第一は両親である。父のユニークな育て方の他にも、父の生き方から、多くのものを学んだ。ただし、堺屋太一の父は、書生などもかかえ、人の出入りの多い生活ぶりだったようだ。そのことで母が苦労しているのも見ている。その結果、父を反面教師として、何事も単独で処理して他人に迷惑をかけないという生活スタイルが確立されたようだ。

第二はベート・マイジンガーさんとの出会いである。出会いそのものは偶然であるが、その出会いを活かして深く付き合い多くを学んだのは堺屋太一の資質によるものである。

第三は、夫人の存在だろう。四十歳を過ぎてからの結婚は、世間の標準と比べれば遅い方だろうが、自分でとことん気に入る人と出会うまで待ち続けたことが、素晴らしい女性との出会いを生み出したといえるだろう。

夫人の池口史子さんは、現在も画家として活躍している。史子さんの絵は、抽象画ではない。具体的な風景画が多い。しかしリアルな風景ではなく、どことなく幻想的な感じの作品だ。ポップな要素もあるのだが、わざと動きを抑えて、静けさや寂しさをかもしだす作風である。人柄も、物静かで、慎ましい女性なのだろうと思う。

内助の功に徹しながら、芸術家として活躍するという夫人の存在は、作家としての堺屋太一を根底で支えているように見える。

こうした人々との出会いや、大阪万博、鉱山石炭局、『油断！』のもととなったコンピュータによるシミュレーション、沖縄海洋博、サンシャイン計画、そして『団塊の世代』の連載……。堺屋太一の人生の道筋をたどると、偶然の要素が多いようにも見えるのだが、与えられた局面で、堺屋太一がつねに創造的な企画を立て、戦略を練り、ベストを尽くして努力していることがわかる。

結局のところ、堺屋太一は自らの人生を、自分の力で切り開いてきたのだ。

そう考えてみれば、堺屋太一の人生というものが、一つの独創的な作品のように見える。もしかしたら、堺屋太一が書いた小説よりも、堺屋太一の人生そのものの方が、驚くべきドラマだといえるのかもしれない。

わたしはこの本を書くにあたり、堺屋太一さんに何度もインタビューすることになったのだが、その最後に、座右の銘のようなものをお持ちですかと質問した。

帰ってきた答えが「稚夢」「鬼迫」「人才」「仏心」というものだった。これを英語にすると〝infant dream〟〝satan spirit〟〝human talent〟〝safe heart〟となる。その中でとくに大切にしているのが「稚夢」だとのことであった。つまり子どものような夢をみて、人が聞いたらアホかと思うようなこと（稚夢）を一生懸命やる（鬼迫）ことが人生の楽しみだという。そして自らの才能を信じ（人才）、感謝の気持ち（仏心）をもって処する、という。

彼は七十を超えた今も、子どものような夢を見続けている。二〇一〇年に向けて上海万博にパビリオンを出そうとしているのもその一つなのだ。

堺屋太一経歴

西暦年	年齢	略歴
一九三五	0	7月13日、次男として大阪府大阪市東区岡山町で出生（本名・池口小太郎）
一九四二	7	陸軍の偕行社付属小学校に入学
一九四五	10	3月15日の空襲で大阪の家が焼け、奈良県御所市の本宅に疎開
一九五一	16	大阪府立住吉高校入学
一九五四	19	慶応大学法学部入学。しばらくして、退学
一九五四	19	退学後、建築家を夢みて、建築事務所で働く
一九五六	21	東京大学文科Ⅱ類入学
一九六〇	25	東京大学経済学部経済学科卒業　通商産業省入省
一九六〇	25	入省直後から万国博の日本招致運動をはじめる
一九六二	27	通商白書にて「水平分業論」を展開、注目を集める
一九六五	30	通商産業省通商局通商政策課審査主任補佐、企業局企業第一課国際博覧会調査室室員（併任）
一九六六	31	通商産業省企業局企業第一課万国博覧会準備室
一九六七	32	通商産業省通産局通商政策課審査主任補佐、企業局企業第一課国際博覧会準備室統括係長（併任）
一九六八	33	企画局日本万国博覧会管理官付政府出典班長
一九六八	33	『日本の万国博覧会』著（池口小太郎）
一九六九	34	通商産業省鉱山石炭局鉱政課長補佐（資料班長）
一九七〇	35	日本万国博覧会開催で成功を収める
一九七〇	35	『万国博と未来戦略』著（池口小太郎）
一九七二	37	沖縄開発庁沖縄総合事務局通商産業部企画調整課長
一九七三	38	通商産業局沖縄総合事務局通商産業部企画調整課課長
一九七五	40	月刊現代にて「団塊の世代」を夏から翌春にかけて連載
一九七五	40	『油断！』著（日本経済新聞社）
一九七六	41	堤史子さんと結婚
一九七六	41	『破断界』著（実業之日本社）
一九七六	41	『団塊の世代』著（講談社）
一九七八	43	10月1日付けで退官、執筆評論活動に入る
一九八一	46	『峠の群像・上』著（日本放送出版協会）
一九八二	47	NHK大河ドラマ『峠の群像』が放送開始
一九八四	49	『イベント・オリエンテッド・ポリシー楽しみの経済学』著（NGS）
一九八五	50	『知価革命』著（PHP研究所）
一九八九	54	海外取材テレビ番組『あすの世界と日本』（日本テレビ）のナビゲーターを務める
一九九一	56	第7回正論大賞受賞
一九九四	59	講演テープ『日本を創った12人』発売（出版文化社）
一九九五	60	阪神・淡路復興委員会委員
一九九五	60	『秀吉 夢を超えた男 上』著（日本放送出版協会）
一九九六	61	NHK大河ドラマ『秀吉』が放送開始
一九九八	63	経済企画庁長官就任（小渕内閣）
二〇〇〇	65	経済企画庁長官就任（森内閣）のちに退任
二〇〇〇	65	内閣特別顧問
二〇〇一	66	上海国際博覧会の高級顧問に就任
二〇〇二	67	東京大学先端科学技術研究センター客員教授
二〇〇五	70	日本国際博覧会協会顧問就任
二〇〇六	71	日本経済新聞朝刊にて小説「世界を創った男―チンギス・ハン」を連載開始
二〇〇六	71	『堺屋太一が解くチンギス・ハンの世界』著（講談社）

た行

は行

ま行

や行

ら行

索　引

著者プロフィール
三田　誠広（みた　まさひろ）

1948年、大阪生まれ。早稲田大学文学部卒。1977年、「僕って何」で芥川賞。作品はほかに「いちご同盟」「空海」など。日本文藝家協会副理事長。日本文藝著作権センター理事長。日本点字図書館理事。

堺屋太一の青春と70年万博

初版発行　平成21年3月29日
著　　者　三田　誠広
発 行 所　株式会社出版文化社 ISO14001 認証取得：JQA-EM2120
〒101-0051 東京都千代田区神田神保町2-20-2　ワカヤギビル2F
TEL03-3264-8811（代）FAX03-3264-8832
E-mail　tokyo@shuppanbunka.com
〒541-0056 大阪市中央区久太郎町3-4-30　船場グランドビル8F
TEL06-4704-4700（代）FAX06-4704-4707
E-mail　osaka@shuppanbunka.com
受注センター TEL03-3264-8811（代）FAX03-3264-8832
E-mail book@shuppanbunka.com
発 行 人　浅田　厚志
印刷・製本　株式会社シナノ

当社の会社概要および出版目録はホームページで公開しております。
また書籍の注文も承っております。→ http://www.shuppanbunka.com/
郵便振替番号 00150-7-353651

Directed by Hiroki Ushimaru Co-edited by Studio Spark

ISBN978-4-88338-421-1 C0093
定価はカバーに表示してあります。